NEW YORK TIMES UND *USA TODAY* BESTSELLER AUTORIN

AURORA ROSE REYNOLDS

Memories to Make

ROMANCE EDITION

Memories to MAKE

Aurora Rose Reynolds

8700 Leoben, Austria

Aus dem Amerikanischen von Jennifer Kager

1. Auflage
Covergestaltung: © Cornelia Pramendorfer
Titelabbildung: © AllaSerebrina
Redaktion: Romance Edition

Printed in Germany
ISBN-Taschenbuch: 978-3-903413-16-0
ISBN-EPUB: 978-3-903413-17-7

www.romance-edition.com

Prolog

Aubrey, 17 Jahre

Den Kopf leicht gesenkt, blicke ich hinüber zur anderen Seite des Tisches in ein Paar haselnussbrauner Augen. Mein Herz beginnt auf eine seltsame Weise zu klopfen und etwas in meinem Inneren ballt sich zusammen. Seit ich mich erinnern kann, hat Denver Clayton diese Wirkung auf mich. Er macht mich nervös; so sehr, dass mir in seiner Nähe heiß und kalt zugleich wird. Was eher oft als selten passiert, da sich unsere Familien gut verstehen und wir dieselbe Schule besuchen.

»Du musst nicht bei uns sitzen bleiben, Schatz«, sagt Shelby und erregt meine Aufmerksamkeit. »Wenn du fertig bist, kannst du zu den Jungs gehen.« Shelby ist die Frau meines Dads, meine Stiefmutter, die mehr eine Mom für mich ist, als meine es je war. Ich liebe sie und fühle mich ihr sehr verbunden.

»Ich ...« Eigentlich habe ich keine Lust darauf, mit meinen Brüdern abzuhängen, damit meine ich sowohl meinen Zwilling Steven und meinen Stiefbruder Hunter. Auch wenn ich die beiden meistens sehr gut leiden kann, sind sie trotzdem nervig.

»Wir können nach draußen gehen«, schlägt Denver vor, und meine Hände werden feucht, als er aufsteht und neben dem Tisch auf mich wartet.

Oh Gott. Was tue ich jetzt? Hilfesuchend schaue ich in die Runde. Mein Vater wirkt genervt, Shelby lächelt, so auch Joe – Denvers Mom –, und Paul – Denvers Vater – schaut mit zuckenden Lippen an die Decke, als müsste er ein Lachen zurückhalten.

»Äh ... okay.« Ich rutsche von meinem Sitz und wende mich an Joe. »Danke für das Essen.«

»Gern geschehen, Schätzchen.« Sie zwinkert mir zu.

Ich beiße mir auf die Unterlippe, nicke knapp und stecke die Hände in die Vordertasche meines übergroßen Kapuzenpullis. Mit gesenktem Kopf folge ich Denver nach draußen, und er führt uns über den Rasen zu einer alten Reifenschaukel. Nachdem ich darauf Platz genommen habe, beobachte ich, wie er sich mit dem Rücken gegen den Baum lehnt und die Arme vor dem Oberkörper verschränkt. Ich stoße mich mit den Zehenspitzen vom Boden ab, während ich sein Gesicht betrachte. Dabei fällt mir ein, was Shelby vor einem Jahr zu mir gesagt hat, als Denver siebzehn wurde: *Aubrey, dieser Junge scheint mit dem Alter nur noch besser auszusehen.*

Sie hatte recht. Mit dreizehn fand ich ihn süß, so wie das ist, wenn ein Junge ein Jahr älter ist. Doch den achtzehnjährigen Denver kann ich nur als gutaussehend beschreiben. Sein Kiefer hat die kindliche Weichheit verloren, ist markanter geworden und lässt bereits erahnen, wie attraktiv er in ein paar Jahren sein würde. Seine Augen haben sich nicht verändert. Ihre haselnussbraune Farbe erinnert mich immer noch an die Polarlichter, die man in klaren Nächten hier in Alaska sehen kann. Die Mischung aus Grün- und Gelbtönen hebt sich spektakulär von seinen dunklen Haaren und Wimpern ab.

Mein Blick landet auf seinen vollen Lippen, und ich spüre, wie meine Wangen wärmer werden. Schnell schaue ich weg. Es ist bestimmt das Millionste Mal, dass ich mich frage, wie es wäre, ihn zu küssen; wie sich diese Lippen auf meinen anfühlen würden, wie er schmeckt. Ein Teil von mir weiß, dass mich die bloße Berührung davonschweben lassen würde. Ein einziger Kuss von ihm könnte meine ganze Welt auf den Kopf stellen.

»Was läuft da zwischen dir und Gabe?«, fragt er plötzlich, und als ich zu ihm schaue, begegne ich seinem intensiven Blick.

»Gabe?« Ich drücke die Zehenspitzen in den Boden, um das Schwingen der Schaukel zu stoppen.

»Ja, ihr zwei seid die ganze Zeit zusammen. Ist er dein fester Freund?«

Hitze kriecht in mein Gesicht, und ich senke den Blick. »Er ist ein Freund«, antworte ich leise. Gabe ist vor ein paar Jahren in die Stadt gezogen, und seither sind wir gute Freunde geworden. Er ist sehr nett. Ich verbringe gern Zeit mit ihm, weil es so unkompliziert ist. Bei ihm kann ich einfach ich selbst sein, ohne viel reden zu müssen oder mich anderen anzupassen.

»Nur ein Freund?«, hakt Denver nach, und ich konzentriere mich wieder auf ihn. Warum scheint ihn das zu interessieren?

»Ja, wir sind nur Freunde.« Erneut stoße ich mich mit den Füßen ab, um den Reifen zum Schwingen zu bringen.

»Bre, wir gehen nach Hause«, höre ich Dad rufen und drehe mich zu dem Geräusch um. Er steht mit Shel auf der Veranda und verabschiedet sich gerade von Joe und Paul.

»Komme!«, antworte ich, dann schaue ich in Denvers Richtung, ohne ihn direkt anzusehen. »Wir sehen uns am Montag in der Schule«, murmle ich. Mir fällt erst auf, dass er einen Schritt auf mich zugemacht hat, als er meine Hand in seine nimmt und mich zurückhält, noch bevor ich weglaufen kann. Ich hebe den Blick zu seinen Augen und mir stockt der Atem. Er ist mindestens dreißig Zentimeter größer als ich.

»Gehst du heute Abend auf die Party?«

»Party?«, frage ich verblüfft und bin etwas durch den Wind wegen seiner rauen Finger, die sich ein wenig fester um meine legen.

»Ja ... in Lincolns Haus, heute Abend. Gehst du hin?«

Lincoln ist seit jeher Denvers bester Freund. Seine Eltern sind in Sachen Partys cool drauf, weshalb Lincoln regelmäßig zu sich einlädt. Jeder in der Stadt weiß darüber Bescheid, auch mein Dad, der ansässige Sheriff. Lincolns Eltern erklären ihren unüblichen Erziehungsstil damit, dass sie ihren Sohn lieber unter ihrem Dach trinken lassen, als dass er sich dafür wer weiß wohin davonstehlen muss. Ich kann ihre Logik verstehen. Eine Horde betrunkener Teenager auf der Straße oder in einem Wald könnte in einer Katastrophe enden. Oder eigentlich hat es in der Vergangenheit schon in *einigen* Katastrophen geendet.

»Gehst du hin?«, wiederholt er und drückt sanft meine Finger. Er hält noch immer meine Hand.

»Ich ... ich weiß es nicht.« Partys sind nicht mein Ding. Auch wenn ich mit den Leuten aus der Schule aufgewachsen bin, fühle ich mich in ihrer Gegenwart immer noch fehl am Platz.

»Du solltest mitkommen«, sagt er, und mein Magen füllt sich mit Schmetterlingen. Sie flattern aufgeregt umher, weil sich das angehört hat, als würde Denver wollen, dass ich bei Lincolns Party erscheine.

»Ich werde meinen Vater fragen«, bringe ich schließlich hervor, und seine Lippen verziehen sich zu einem kleinen Lächeln.

»Wenn er *Ja* sagt, gib mir Bescheid, dann nehme ich dich mit.«

Er will mich mitnehmen. In seinem Truck. Heiliger Strohsack, allein bei der Vorstellung werden meine Knie weich.

»Klar.« Grinsend versuche ich zu verhindern, wie eine Verrückte auf und ab zu springen und mich vor ihm zum Narren zu machen.

»Ich hoffe, dein Dad erlaubt es dir.« Sein Griff um mich wird immer fester, bevor er mich loslässt.

Ich sage nichts weiter, nicht sicher, ob ich noch sprechen kann. Stattdessen drehe ich mich um und verabschiede mich eilig von seinen Eltern, bevor ich zum Rest meiner Familie in den Wagen steige. Die Heimfahrt über verbringe ich mit Shel damit, Dad davon zu überzeugen, mich zu der Party gehen zu lassen.

Ich sehe mich in dem überfüllten Wohnzimmer um und mir kommen gleich zwei Fragen in den Sinn: Warum zum Teufel bin ich hier? Und warum kann ich nicht so sein wie der Rest der Anwesenden? Meine Klassenkameraden scheinen alle entspannt zu sein. Dem vielen Gelächter und den Scherzen nach zu urteilen, haben sie eine gute Zeit. Ich stehe in der dunkelsten Ecke des Raumes und versuche, mich unsichtbar zu machen. Ich dränge den Rücken enger gegen die Wand hinter mir und drücke das Bier an mich, das ich bei meiner Ankunft bekommen habe. Es ist immer noch voll. Ein Schluck hat genügt, um herauszufinden, dass es mir nicht schmeckt. Um ehrlich zu sein, hätte ich es am liebsten ausgespuckt. Es war mein erster Kontakt mit Alkohol. Bisher habe ich weder von Dads Bier noch von Shelbys Wein probiert. Keine Ahnung, was den Wein betrifft, aber Bier ist definitiv eklig. Vielleicht liegt es daran, dass es nicht gekühlt wurde, sondern warm ist, aber auch das bleibt fraglich.

»Geht es dir gut?«, will Gabe wissen, als er an meine Seite tritt. Er ist hier, weil ich ihn darum gebeten habe.

Ich sehe ihn an. »Ja.«

»Lügnerin.« Er stößt seine Schulter gegen meine, und ich presse die Lippen zusammen, um nicht zu lächeln. Bei seinem wissenden Grinsen verdrehe ich die Augen. Gabe ist nicht viel größer als ich und schlank vom täglichen Schwimmen im örtlichen Hallenbad. Er ist süß, hat blondes Haar mit einem roten Unterton und blaue Augen, die stets freundlich wirken. Im Gegensatz zu mir hat Gabe keine Probleme damit, mit anderen zu reden und Freundschaften zu schließen. Trotzdem drängt er mich nie dazu, etwas mit Klassenkameraden zu unternehmen, weil er weiß, dass ich mich dabei unwohl fühle. Als er sich neben mir an die Wand lehnt, schaue ich mich in dem Raum um und überlege, ob ich Shelby anrufen und bitten soll, mich abzuholen. Seit meiner Ankunft habe ich Denver nicht mehr gesehen; hierzubleiben klingt also wenig verlockend.

Als ich mich umdrehe, um Gabe zu sagen, dass ich von hier verschwinden werde, kehren die Schmetterlinge in meinen Bauch zurück. Ich wirble in die entgegengesetzte Richtung, und da steht Denver. Vor mir. Mein Herz beginnt heftiger zu schlagen. »Hey«, grüßt er und schenkt mir ein kleines Lächeln.

»Hi.« Ich lächle zurück, und der Ausdruck in seinen Augen wird sanfter, wodurch das wilde Flattern in meinem Innern noch aufgeregter wird.

Er sieht zu Gabe hinüber und hebt sein Kinn auf diese coole Art, wie Männer das tun, bevor sein Blick zu mir zurückkehrt. »Ich bin froh, dass du gekommen bist.«

Ich schwöre, ich spüre, wie seine Finger über meine streifen, als würde er nach meiner Hand greifen wollen. Mein Puls beschleunigt sich, dann ruft jemand seinen Namen.

»Denver, beweg deinen Arsch hierher!«, ertönt es erneut, und er schaut in Richtung Küche. Sofort presst er die Kiefer aufeinander.

»Herrgott, sie sind schon völlig hinüber.« Er sieht mich an, schüttelt den Kopf und scheint verärgert zu sein.

»Bleibst du noch eine Weile?«, will er unter dem Gebrüll seiner Freunde wissen.

»Wahrscheinlich.« Unruhig verlagere ich mein Gewicht von einem Fuß auf den anderen. Keine Ahnung, wie lange ich es hier noch aushalte, wenn ich mich derart fehl am Platz fühle.

»Geh nicht, bevor wir nicht geredet haben.«

»Ich ...«

»Bitte«, fügt er hinzu, und als ich die Sanftheit in seiner Stimme höre, nicke ich. »Gut.«

Diesmal bin ich sicher, dass seine Finger sacht über meine streichen, bevor er sich mit einem letzten Nicken an Gabe in Richtung Küche wendet. Ein seltsames Gefühl überkommt mich, während ich beobachte, wie ihn seine Freunde mit Rufen und Schulterklopfen begrüßen. Im Gegensatz zu mir gehört er dazu, das hat er immer getan.

Warum bin ich hier? Warum wollte er, dass ich komme, und worüber möchte er mit mir sprechen?

»Sollen wir für eine Weile nach draußen gehen?«, erkundigt sich Gabe, und ich löse meinen Blick von Denver.

»Ja.«

»Dann komm.« Er nimmt meine Hand in seine und führt mich durch das überfüllte Haus zur Hintertür. »Besser?«, fragt er, sobald wir auf der Holzterrasse in der sternenklaren Nacht stehen.

»Ich wünschte, ich wäre nicht so unbeholfen«, gebe ich zu und stelle mein Bier auf das Geländer, damit ich meine Hände in die Vordertasche meines Kapuzenpullis stecken kann.

»Es ist süß«, versichert er mir und zupft lächelnd an meinen Haarspitzen.

Ich kichere und schüttle den Kopf. »Das ist es nicht.« Als ich mich von ihm abwende, bleibt mein Blick an dem Küchenfenster hängen – und ich sehe, wie Denver Pamela küsst. Schnell schaue ich weg und spüre, wie mir das Herz in die Kniekehlen rutscht.

Pamela ist nicht einfach nur das hübscheste Mädchen auf der Schule, sie hat sogar schon für einige bekannte Designer gemodelt. Neulich habe ich sie sagen hören, dass sie nach dem Abschluss nach New York ziehen möchte, um dort Vollzeit als Model zu arbeiten. Was ihr bestimmt gelingen wird, daran zweifle ich nicht. Es sei denn, sie entscheidet sich, hier bei Denver zu bleiben. Oder vielleicht geht er mit ihr.

»Ich wollte mit dir über etwas reden«, sagt Gabe, und ich schenke ihm meine Aufmerksamkeit. Zumindest versuche ich es, aber mein Herz lenkt mich ab, denn es fühlt sich an, als würde es in meiner Brust zerdrückt werden.

»Hm?«, mache ich und bemerke seine Anspannung. Bei genauerem Hinsehen erkenne ich, dass er nervös ist.

»Ich habe mich gefragt, ob du vielleicht ...« Er zieht meine Hand aus meiner Hoodietasche und erdet mich mit seiner Berührung. »Ich habe mich gefragt, ob du mit mir zusammen sein willst.«

»Zusammen«, wiederhole ich und lasse meinen Blick auf seine Hand fallen, die meine umschließt.

»Ich weiß, wir sind Freunde, aber ich mag dich. Ich habe dich immer gemocht.«

Ich schaue ihm in die Augen und denke über meine Antwort nach. Mit Gabe war es immer einfach. In seiner Nähe bin ich weder nervös noch verunsichert; seine Berührung fühlt sich nicht an, als würde ich Gefahr laufen, hinaus aufs Meer zu treiben, wenn ich nicht gleich einen Rettungsanker finde. Bei ihm bin ich sicher, und ich brauche Sicherheit.

»Ja«, flüstere ich und begegne seinem Lächeln. Ich möchte es erwidern, aber ich kann nicht, denn im Grunde meines Herzens weiß ich, dass ich Sicherheit brauche, sie aber eigentlich nicht will.

Denver, 21 Jahre

Ich nehme einen langen Zug von der Flasche in meiner Hand und schließe die Augen, während mich der Alkohol von innen heraus wärmt. Das Brennen in meiner Kehle ist mir mittlerweile vertraut. Seit meiner Rückkehr in die Stadt vor einem Monat trinke ich jeden Tag. Vielleicht wäre es anders, wenn mir schon davor jemand erzählt hätte, dass Aubrey und Gabe heiraten werden. Selbst meine Eltern haben mir diese Neuigkeit verschwiegen.

»Dich zu betrinken, wird nicht verhindern, was morgen passiert«, sagt Lincoln neben mir, und ich starre ihn an. »Scheiße, Mann.« Er fährt sich mit den Fingern durch sein dunkles Haar. »Ich weiß ...«

»Du hast keine Ahnung«, knurre ich, stehe auf und gehe mit der Flasche quer durch den Raum.

»Alter, das ist doch Mist.« Da hat er recht. In eine Frau verliebt zu sein, die einen anderen heiratet, ist total bescheuert. »Ich verstehe, warum du ...«

»Lass es. Fang gar nicht erst damit an.« Ich zeige mit dem Finger auf ihn, und er schüttelt den Kopf. Erneut trinke ich von dem Bourbon, womit ich weitermachen werde, bis zur Besinnungslosigkeit, wenn es sein muss.

»Du musst aufhören.« Er drängt sich in mein Blickfeld.

»Zurück, verdammt noch mal.« Meine Hand ballt sich zu einer Faust und Adrenalin schießt durch meine Adern. Ich bin bereit zum Kampf, schon seit Tagen, Monaten – nein, Jahren.

»Wenn du die Hochzeit crashen willst, bin ich dabei. Ich werde dich verdammt noch mal anfeuern, aber ich sehe nicht dabei zu, wie du dich zu Tode säufst.«

Ich schließe die Augen, und meine Brust schmerzt bei jedem Atemzug. »Sie war für mich bestimmt«, knurre ich und beiße die Zähne zusammen. »Sie sollte mir gehören.« Ich hole aus und schleudere die Flasche gegen die nächste Wand. Sie zerschellt und ihr goldener Inhalt verteilt sich überall.

»Ich weiß.« Er fasst mir in den Nacken und zieht meine Stirn an seine. »Ich weiß.«

»Sie sollte mir gehören«, wiederhole ich noch einmal mit heiserer Stimme.

Denver

Sechs Jahre später ...

Als ich spüre, wie mein Handy in meiner Gesäßtasche vibriert, lasse ich das Seil in meiner Hand auf das Holzdeck meines Bootes fallen und wische mir mit der Unterseite meines T-Shirts den Schweiß vom Gesicht. In drei Stunden muss ich aus dem Hafen auslaufen, was bei einsetzender Dunkelheit ohnehin schwierig ist – was bedeutet, dass ich jetzt keinen Anruf entgegennehmen sollte. Stattdessen hole ich mein Handy heraus und hebe ohne einen Blick aufs Display ab.

»Ja?«, frage ich, gehe zum Bootsrand nahe des Stegs und löse dort das Seil. Ich werfe es hinter mich, wo es mit einem lauten Knall landet.

»Denver, ich bin es, Gabe.«

»Gabe?« Ich ziehe die Brauen zusammen. Ich kenne nur einen Gabe und weiß nicht, warum ausgerechnet er mich anrufen sollte. Wir sind keine Freunde und waren es auch nie. Das Einzige, was uns verbindet, ist Aubrey.

»Ja.« Er räuspert sich.

»Ist alles in Ordnung?«, frage ich, während mich ein ungutes Gefühl beschleicht.

»Ja ... nein.«

Ich höre ihn tief einatmen und verspanne mich. Was auch immer er mir sagen wird, ich weiß, es wird meine Welt auf den Kopf stellen. Als er schweigt, wächst meine innere Unruhe. »Ist Bre okay?«

»Ich sterbe, Mann.« Bei seinen Worten stoße ich die

Luft aus und mir dreht sich der Magen um. »Mir bleiben bestenfalls noch ein paar Monate. Wie lange genau kann mir natürlich kein Arzt sagen, aber es ist unausweichlich.«

»Himmel, das tut mir so verdammt leid«, flüstere ich und schaue über den Bootsrand hinweg in das dunkle Wasser.

»Ja«, murmelt er zurück, und ich fasse mir in den Nacken. »Du musst mir einen Gefallen tun.«

»Alles«, antworte ich und kneife die Augen zusammen.

»Wenn ich weg bin, kümmere dich für mich um Aubrey.«

Fuck.

»Sie liebt dich, und ich weiß, du empfindest genauso für sie.« Anstatt mir das zu sagen, hätte er mir auch ein Messer in die Brust rammen können.

Fuck. »Gabe ...«

»Sie und ich hatten eine gute Zeit«, unterbricht er mich leise und streut damit noch Salz in meine Wunde. Ich drücke meinen Nacken, in einem Versuch, den aufwallenden Schmerz von damals zurückzuhalten. »Mir war immer klar, dass sie für dich bestimmt ist.«

»Gabe«, wiederhole ich und habe nicht die geringste Ahnung, was ich ihm sagen will.

»Versprich mir nur, dass du auf sie aufpassen wirst.« Seinem Tonfall entnehme ich, dass er aufgegeben hat.

Meine nächsten Worte kosten mich jedes Quäntchen Willenskraft. »Das werde ich.« Der Wind trägt mein Versprechen fort, dann ist die Leitung tot.

»Scheiße.« Ich lehne den Kopf zurück, schaue hinauf zum Nachthimmel – und entdecke eine Sternschnuppe.

Ohne nachzudenken, schließe ich die Augen und nenne ihr meinen Wunsch.

Hunderte Kilometer entfernt wendet sich jemand mit derselben Bitte an ebendiesen Stern.

Aubrey

Einen Monat später ...

Ich lehne mich gegen den Küchentisch und beobachte, wie mein Vater den Müllbeutel zubindet, um ihn hinauszubringen. Wann war das letzte Mal, dass ich den Müll selbst rausgebracht habe? Es ist schon viel zu lange her. Wahrscheinlich hätte ich das in den letzten Jahren ab und zu mal tun sollen. Das und noch so einiges mehr.

»Schatz.« Shelbys Hand auf meinem Arm holt mich aus meinen Gedanken, und ich konzentriere mich auf ihr besorgtes Gesicht. »Ich dachte, ich bleibe heute Nacht bei dir. Wir können uns einen Film ansehen oder einfach ...«

»Vielleicht morgen«, unterbreche ich sie, und ihre Finger auf meinem Arm verkrampfen sich. »Tut mir leid.« Ich atme tief aus. »Ich bin müde und will nur noch duschen und ins Bett.« Am liebsten für immer oder bis ich aufwachen kann, ohne dass es noch so wehtut.

»Ich denke, nach dem heutigen Tag wäre es besser, wenn du nicht allein bist.« Sie begründet nicht, warum. Das muss sie auch nicht. Heute habe ich die Asche meines Mannes verstreut, auf dem Meer, wie von seiner

Familie gewünscht. Das tat ich nur für sie, nicht für mich.

»Ich muss allein sein, nachdem ...« Als ich schlucke, fühlt sich der Kloß in meiner Kehle wie eine riesige Glasscherbe an. So groß ist der Schmerz, den ich bei meinen nächsten Worten verspüre. »Nachdem Gabe ... nun, da er ...« Ich versuche, es auszusprechen, aber ich kann es nicht. »Seit diesem Tag war ich keine Sekunde allein. Ich will etwas für mich sein. Ich *brauche* etwas Zeit für mich.« Ich habe das Gefühl, dass ich ersticke. In den letzten Tagen sind so viele Leute bei mir ein- und ausgegangen. Sie alle haben sich ohne Unterlass um mich gekümmert und gefragt, was ich brauche, ob es mir gut geht. Ich weiß, sie meinen es nur gut, aber es ist zu viel.

»Okay, Süße«, flüstert sie und streicht mir das Haar über die Schulter.

»Danke.« Ich presse die Lippen zusammen. »Danke f-für ...« Tränen steigen mir in die Augen, und ich versuche mit aller Macht, sie zurückzuhalten, aber es funktioniert nicht. »Danke.«

»Shh.« Sie legt die Arme um mich, und ich drücke mein Gesicht in ihre Halsbeuge. Ich will nicht mehr weinen. Es sollte mir gar nicht mehr möglich sein. Keine Ahnung, wie meine Tränendrüsen nach der Flut der letzten Wochen noch funktionieren können. »Es wird alles gut. Ich verspreche, es wird leichter.« Sie reibt mir über den Rücken.

»Schick alle weg, Baby. Ich habe sie«, sagt Dad, als er mich in seine Arme schließt, und sein vertrauter Duft spendet mir Trost.

»Natürlich«, flüstert Shelby.

»Danke, Baby«, gibt Dad zurück. Ich drücke das Gesicht gegen seinen Oberkörper und schließe die Augen, während ich mich an ihn klammere. »Wenn ich dir diesen Schmerz nehmen könnte, würde ich es tun, Süße.«

»Ich komme schon klar«, versuche ich ihn zu beruhigen, weil ich weiß, dass er sich Sorgen um mich macht und denkt, ich würde jeden Moment zusammenbrechen. Ich spüre seine Hand an meinem Hinterkopf und seine Lippen an meinem Scheitel, während ich Shelby im Wohnzimmer sagen höre, dass bitte alle nach Hause gehen sollen. »Vielleicht sollte ich ihnen für ihr Kommen danken, bevor sie aufbrechen«, flüstere ich und versuche, mich von Dad zu lösen.

»Mach dir darüber keine Gedanken«, murmelt Dad und hält mich fester.

»Keiner mehr da«, sagt Shelby eine Minute später. Vielleicht auch eine Stunde. Ich öffne die Augen und sehe, wie sie auf meinen Vater und mich zugeht. »Deine Schwester und deine Brüder lassen ausrichten, dass sie morgen Früh vorbeikommen.«

Ich nicke. Da mir meine Geschwister während der letzten Tage kaum von der Seite gewichen sind, überrascht es mich nicht, dass sie am nächsten Morgen wieder hier sein wollen. Es verstärkt den Eindruck, den ich schon die ganze Zeit habe: Wann immer ich mich umdrehe, scheint einer oder jeder von ihnen da zu sein.

»Bist du sicher, dass du heute Abend allein sein willst?«, will Dad wissen.

Ich lehne den Kopf zurück und schaue ihm in die

Augen. Es stört mich, wie gestresst er meinetwegen ist. »Ja.« Ich drücke ihn nochmals kurz an mich. »Wenn ich euch brauche, seid ihr gleich nebenan«, erinnere ich ihn.

»So ist es.« Er streichelt mir über die Wange und wirkt innerlich etwas zerrissen, dann wandert sein Blick über meinen Kopf hinweg zu Shelby. Die beiden kommunizieren ohne Worte, ehe er sich wieder an mich wendet. »Wir lieben dich.«

»Ich weiß. Ich liebe euch auch.« Ich schlucke eine neue Welle von Tränen hinunter, und er lehnt seine Stirn an meine und lässt sie einen Moment lang dort ruhen, bevor er mich loslässt.

»Ruf mich jederzeit an, wenn du mich brauchst«, sagt Shelby und umarmt mich noch einmal.

Als sie mich loslässt, sehe ich, wie Dad ihre Hand nimmt und sie wegführt. Ich warte, bis die Eingangstür hinter ihnen ins Schloss fällt, dann verlasse ich die Küche. Ich überprüfe nicht, ob die Vordertür abgesperrt ist. Wie ich Dad kenne, hat er das beim Hinausgehen erledigt. Auf dem Weg zum Schlafzimmer schalte ich alle Lichter aus, weil Gabe sonst durchdrehen würde. Er hat sich immer über die Stromkosten aufgeregt, was ihm wahrscheinlich von Geburt an von seinen Eltern eingetrichtert worden war. Auch wenn ich abends nicht gern in ein dunkles Haus zurückkehrte, schaffte es Gabe, mich bei jedem Gespräch zu diesem Thema so sehr zum Lachen zu bringen, dass ich meine Beschwerde am Ende vergessen hatte. Zumindest bis ich zum nächsten Mal heimkam und alles finster war.

Als ich die Tür zu unserem Schlafzimmer erreiche,

bleibe ich stehen und starre in den dunklen Raum. Ich schließe die Augen und zwinge meine Füße, sich vorwärts zu bewegen, ohne Erfolg. Also drehe ich mich um und gehe die Treppe hinauf ins Obergeschoss. In diesem Haus bin ich mit meinem Vater und Bruder aufgewachsen. Als Dad und Shelby ein Paar wurden, zogen wir alle nach nebenan, wo Shelby mit Hunter wohnte. Sie behielten unser altes Zuhause und vermieteten es, was über die Jahre ein schönes zusätzliches Einkommen war. Als Gabe und ich heirateten, verkauften sie es an uns.

Ich erreiche das Obergeschoss und gehe ins Bad, wo ich mich ausziehe und unter die Dusche stelle. Ich bleibe unter dem heißen Strahl stehen, bis das Wasser anfängt, kalt zu werden. Dann begebe ich mich in ein Handtuch gewickelt in mein altes Zimmer. Ich krame eine Jogginghose hervor, die ich seit Jahren nicht mehr getragen habe, sowie ein altes Sweatshirt und ein Paar dicke Socken. Sobald ich mich ins Bett gelegt habe, starre ich aus dem Fenster und liege wach da, bis ich dem Schlaf entsage.

Ich brauche frische Luft. Also gehe ich zurück nach unten und schnappe mir auf dem Weg zur Haustür eine Decke von der Couch. Sobald ich draußen bin, setze ich mich in einen der Verandastühle, lege die Füße auf das Geländer und werfe die Decke über meinen Schoß. Die Nacht ist klar und die Sterne so hell, dass man die Sternbilder auch ohne Teleskop erkennen kann. Ich bin sicher, diese Aussicht können nicht viele Menschen in ihrem Leben genießen. Ich lehne den Kopf zurück und schließe die Augen. Als ich einatme, erlaube ich der kühlen Nachtluft, gegen den Schmerz in meiner Brust anzukämpfen, bevor er mich verschlingen kann.

»Bre.«

Eine Hand über meinem wild klopfenden Herzen zucke ich in eine aufrechte Position und hebe schlagartig die Lider. Dann starre ich Denvers schemenhafte Gestalt am Fußende der Treppe an. »Du hast mich zu Tode erschreckt«, hauche ich und betrachte sein dunkles Haar und den Bart, der die untere Hälfte seines Gesichts bedeckt. Die letzten drei Tage ausgenommen, haben wir uns seit der Nacht, in der mich Gabe bat, seine Freundin zu sein, nur selten gesehen. Wenn ich ihn irgendwo erblickt hatte, hielt er sich meist von mir fern. Ich ging ihm ebenso aus dem Weg, dennoch frage ich ab und zu bei Joe nach, wie es ihm so ergeht. Sie erzählt mir nie viel, nur dass er wohlauf ist. Trotzdem bin ich immer froh, wenn ich Neuigkeiten über ihn erhalte.

»Tut mir leid. Als ich dich hier draußen entdeckt habe, wollte ich nach dir sehen.« Er kommt die Stufen zur Veranda herauf und setzt sich in den Stuhl neben meinem. »Ich würde fragen, wie es dir geht, aber ich denke, das ist unnötig.«

»Da hast du wahrscheinlich recht«, murmle ich und lege die Füße wieder auf das Geländer. »Ich ... ich habe dich gestern bei der Totenwache gesehen, heute Abend auch. Danke, dass du gekommen bist. Ich ... ich hätte ... Vielleicht hätte ich ...«

»Stopp.« Er legt seine Hand auf meine, und ich zucke zurück, als seine Berührung mich zu verbrennen scheint.

»Tut mir leid.« Ich schüttle den Kopf und komme mir wie eine Idiotin vor, weil ich so auf ihn reagiere.

»Du musst dich nicht entschuldigen.« Er lehnt sich im Stuhl zurück und legt seine in Stiefel steckenden Füße neben meinen auf das Geländer. »Warum bist du zu dieser Zeit noch draußen?«

»Ich konnte nicht schlafen.« Ich ziehe die Decke etwas enger um mich. »Warum bist du so spät noch unterwegs?«

»Es ist erst zehn. Ich war mit Mom und Dad bei deinen Eltern. Ich kam raus, um eine zu rauchen, dann sah ich dich.«

»Oh, ich dachte, es wäre schon später.« Ich schaue zu ihm hinüber. »Du rauchst?«

»Gelegentlich.« Er zuckt mit den Schultern.

»Du solltest aufhören«, sage ich und möchte hinzufügen, dass es eine tödliche Gewohnheit ist, aber ich lasse es. Was bringt einen heutzutage eigentlich nicht um? Sowohl die Luftverschmutzung, die Sonneneinstrahlung, die Chemikalien in der Nahrung und in unserem Wasser als auch ein unentdeckter Hirntumor können dich ganz plötzlich aus dem Leben reißen. Es ist ein wahres Wunder, wenn man älter als zwanzig wird.

»Das sollte ich.«

»Wie bitte?«, entgegne ich, verwirrt von seiner Aussage.

»Ich sollte mit dem Rauchen aufhören.«

»Richtig, tut mir leid.« Ich schüttle den Kopf und schaue in den Nachthimmel und die aufziehenden, dunklen Wolken.

»Wann hast du das letzte Mal geschlafen?«, fragt er sanft, und ich konzentriere mich wieder auf ihn.

»Gestern Abend.«

»Okay, lass mich das anders formulieren. Wann hast du

zuletzt gut geschlafen?«

»Vor einem Monat.« Meine Kehle wird eng, und ich schließe die Augen. Ein Monat ist alles, was ich hatte. Gabes Migräneanfälle waren nichts Ungewöhnliches, die hatte er schon immer. Allerdings nie so schlimm, dass er krank wurde und das Bett nicht mehr verlassen konnte. Ihn davon zu überzeugen, ärztlichen Rat einzuholen, hat ewig gedauert, aber schließlich lenkte er ein. Dem Arzt in der Stadt gefielen Gabes Symptome nicht, also schickte er uns für ein paar Tests nach Anchorage. Dort fanden wir heraus, dass er einen Tumor hatte. Stadium vier. Die Spezialisten in Anchorage schlugen eine Chemotherapie und Bestrahlung vor, und Gabe stimmte zu. Allerdings erlebte er nicht einmal die erste Behandlung. Er war zu Besuch bei seinen Eltern, als er ein Aneurysma erlitt und daran starb.

»Ich dachte, wir hätten mehr Zeit«, flüstere ich, während mir Tränen über die Wangen laufen.

»Es tut mir leid, Bre, so verdammt leid.« Denver nimmt eine Hand in seine.

»Mir auch.« Ich entziehe mich seiner Berührung nicht. Stattdessen drehe ich meine Hand so, dass ich meine Finger mit seinen verschränken kann, und lasse mich von seiner Wärme und Stärke trösten.

»Er hat mich angerufen.«

»Was?« Ich öffne die Augen und begegne seinem Blick.

»Vor wenigen Wochen.« Er schaut weg, und mein Herz beginnt auf seltsame Weise zu schlagen.

»Was hat er gesagt?«

»Dass er sterben würde.« Ich versuche, die Hand

wegzuziehen, aber er lässt sie nicht los. »Er hat mich gebeten, für dich da zu sein.« Er hält inne. »Das hätte ich sowieso getan.«

»Warum sollte er das von dir verlangen?«, flüstere ich, ohne eine Antwort zu erwarten.

»Er wusste, dass ich mich um dich sorge.«

Ich funkle ihn an. »Wir haben seit Jahren nicht mehr miteinander gesprochen.« Als ich mich schließlich seinem Griff entwinde, füllen seine Worte meine Gedanken aus. Warum sollte Gabe ausgerechnet Denver bitten, sich um mich zu kümmern?

»Du hast recht, das haben wir nicht, aber ich hatte meine Gründe. Ich denke, du verstehst das.«

»Tue ich das?«, entgegne ich und versuche, den aufwallenden Schmerz zu überspielen.

»Ja, das tust du«, knurrt er und hält meinen Blick fest.

»Du irrst dich. Ich habe keine Ahnung, was du meinst.«

»Das ist nicht wahr, Bre. Du weißt verdammt gut, warum ich dich aus meinem Leben streichen musste.« Seine Stimme klingt schroff, dennoch höre ich den Schmerz heraus.

»Nein, das tue ich nicht«, erwidere ich leise. Eine Lüge. Natürlich ahne ich, warum er aufgehört hat, mit mir zu reden, nachdem Gabe und ich zusammenkamen. Vermutlich aus demselben Grund, aus dem ich anfing, ihn zu meiden.

Seine Lider senken sich langsam und er schüttelt den Kopf. »Es ist nicht der richtige Zeitpunkt«, sagt er sanft. »Ich hätte es nicht erwähnen sollen.« Er fährt sich mit der Hand durch die Haare. »Fuck. Du kannst diesen Mist gerade nicht gebrauchen.«

Ich möchte ihm sagen, dass es in Ordnung ist, aber er hat recht. Ich brauche diese Art von Wahrheit momentan nicht. Oder die schmerzhafte Reise in die Vergangenheit, die mein Elend noch verschlimmert. Ich weiß nicht, warum Gabe ihn angerufen hat, aber ich bin nicht besonders überrascht. So war Gabe. Er hat stets versucht, sich um mich zu kümmern. Immer.

Ich lehne den Kopf zurück und schließe die Augen. Offenbar für eine Weile, denn als ich sie wieder öffne, liege ich in meinem Bett, eingehüllt in meine Decken. Das Morgenlicht dringt durch die Jalousien, und mein Gespräch mit Denver kommt mir wie ein Traum vor.

Aubrey

Fünf Wochen später …

»Die Tests, die Sie gemacht haben, sind nicht falsch. Sie sind schwanger. Nach den Informationen zu Ihrem letzten Menstruationszyklus zu urteilen, würde ich sagen, Sie sind ungefähr in der zwölften Woche«, erklärt Dr. Haze, der mich mit einem besorgten Ausdruck in seinen strahlend blauen Augen mustert.

Ich habe zwar nicht geglaubt, dass fünf verschiedene Schwangerschaftstests alle zum selben falschen Ergebnis kommen können, nur wollte ich genauso wenig denken, dass sie richtig liegen. Gabe und ich hatten drei lange

Jahre erfolglos versucht, ein Kind zu bekommen. Jeden Monat, wenn ich pünktlich meine Periode bekam, waren wir beide am Boden zerstört. Wir sprachen darüber, einen Spezialisten aufzusuchen, da sich der einzige in Alaska ansässige Experte jedoch in Anchorage befindet, fehlte uns vorerst das nötige Kleingeld für die Behandlung und die notwendigen Flüge zur Praxis. Wir begannen zu sparen, aber es hätte noch ein oder zwei Jahre gedauert, bis wir mit der Behandlung hätten beginnen können.

»Aubrey.« Dr. Haze' Hand auf meinem Knie reißt mich aus meinen Gedanken.

»Tut mir leid.« Ich blinzle, um meinen verschwommenen Blick zu klären. »Das ist ...«

»Ein Schock, da bin ich sicher«, sagt er sanft.

Ich nicke, auch wenn ich das für eine Untertreibung halte. Dann schaue ich nach unten und lege die Hand auf meinen Bauch. Gabe hat mich mit einem Stück von ihm zurückgelassen. »Ich muss weinen«, flüstere ich.

»Das ist verständlich.« Er reicht mir ein Taschentuch, und ich drücke es auf meine Augen.

Keine Ahnung, wie lange ich dort sitze und meinen Tränen freien Lauf lasse, aber es dauert eine Weile, bis ich meine Gefühle soweit unter Kontrolle habe, dass ich nach Hause gehen kann. Nachdem ich meiner Familie von den Neuigkeiten erzählt habe, besuchen wir alle zusammen Gabes Eltern und weihen sie ebenfalls ein. Zum ersten Mal seit Monaten habe ich etwas, auf das ich mich freuen kann.

1. Kapitel

Aubrey

Ein paar Jahre später …

Mit einer Tasse Kaffee in der Hand sitze ich auf der Couch in meinem Wohnzimmer und betrachte das Kaminfeuer, dessen Flammen immer kleiner werden. Dann höre ich das Getrappel von Füßen, bevor meine Tochter Lyra in den Raum kommt. Bei ihrem schläfrigen Anblick geht mir das Herz auf. Sie sieht genauso aus wie ich in ihrem Alter, von ihrem dunkelblonden Haar bis zu ihren blaugrünen Augen.

»Hey, Liebes.« Ich stelle meine Tasse auf den Beistelltisch und strecke die Arme nach Lyra aus. Sie klettert auf die Couch und schmiegt sich an meine Brust. Als ich mit den Fingern durch ihr weiches Haar fahre, senkt sie die Lider. Die letzten vier Jahre sind wie im Fluge vergangen. In der einen Minute war ich schwanger, in der nächsten wurde mein Mädchen drei Jahre alt, und morgen ist bereits ihr vierter Geburtstag. Man merkt gar nicht, wie schnell die Zeit vergeht, bis man selbst Kinder hat und ihnen beim Aufwachsen zusieht.

»Kann ich Pancakes zum Frühstück haben?«, fragt

Lyra.

»Heute nicht. Ich habe dir schon Haferbrei gemacht.« Sie quittiert meine Antwort mit einem Schmollmund und ich streichle ihr grinsend über das Gesicht.

»Kann ich morgen Pancakes haben?«

»Da morgen dein Geburtstag ist, darfst du frühstücken, was immer du willst«, sage ich, und sie hebt ihren Blick zu mir.

»Sogar Kuchen?«, entgegnet sie hoffnungsvoll.

Ich lächle. »Lass es mich anders ausdrücken. Morgen Früh darfst du alles essen, was sich für ein Frühstück eignet.«

»Hm, was ist mit Denvers Rührei und deinen Pancakes?«

Bei ihrer Frage erfüllt ein seltsames Gefühl meine Brust. Seit Lyras Geburt ist Denver ein fester Bestandteil unseres Lebens. Ich hatte nicht erwartet, ihn nach Gabes Tod oft zu Gesicht zu bekommen, weshalb es mich überraschte, als er wieder in die Stadt zog. Das war ungefähr zur selben Zeit, als ich von meiner Schwangerschaft erfuhr. Denver scheint es sich zur Aufgabe gemacht zu haben, für Lyra da zu sein. Und für mich – soweit ich das zulasse.

Ich würde gern behaupten, dass es zwischen ihm und mir nicht seltsam ist, aber das ist es. In den letzten zwei Jahren wuchs die Anspannung zwischen uns weiter an. Zuerst hing es mit unserer Vergangenheit und Gabes Tod zusammen, heute liegt es vor allem daran, dass ich Denver sehr attraktiv finde. Allerdings weiß ich, dass wir keine Zukunft haben.

»Kann ich, Mom?« Lyras leise Stimme holt mich aus meinen Gedanken und ich richte meine Aufmerksamkeit auf sie.

»Tut mir leid, Liebes. Was hast du mich gefragt?«

»Kann ich morgen Denvers Rührei und deine Pancakes frühstücken?«

»Ich weiß nicht, ob Denver Zeit hat.«

»Fragst du ihn?«

»Ich frage ihn«, stimme ich zu und glaube, seine Antwort schon zu kennen. Immerhin scheint es ihm ein tiefes Bedürfnis zu sein, Lyra jeden Wunsch zu erfüllen.

»Okay.« Sie grinst mich an, bevor sie den Kopf wieder an meine Brust legt.

Ich drücke die Lippen auf ihren Scheitel und atme ihren Duft ein. Ich liebe Momente wie diesen, wenn wir kuscheln und es nur uns beide gibt. So wissbegierig, wie sie ist, kommt es mir oft so vor, als würde sie in Überschallgeschwindigkeit älter werden. *Warum?* und *Was ist das?* sind Fragen, die sie mir eine Million Mal am Tag stellt.

»Du musst essen, Baby. Danach bringe ich dich zu Grandma, damit ich zur Arbeit gehen kann.« Ich stehe auf und stelle sie auf ihre Füße, ehe ich ihr mit meiner Tasse Kaffee in die Küche folge.

»Ich wünschte, du müsstest nicht arbeiten«, sagt sie und kniet sich auf einen der Barhocker.

Ich lächle. »Das wünsche ich mir auch, aber ich habe mir für deinen Geburtstag morgen freigenommen. Außerdem bin ich das ganze Wochenende zu Hause.« Ich fülle eine Schüssel mit Haferbrei und stelle sie mit einer

Tasse Orangensaft vor sie hin.

»Können wir Schlittenfahren gehen?«

»Klar, wenn noch Schnee auf dem Hügel liegt. Vielleicht wollen uns Grandma und Grandpa begleiten.«

»Jippie!« Sie wirft die Arme in die Luft und bringt mich damit zum Lachen.

Ich schenke mir Kaffee nach und füge etwas Haselnusscreme hinzu, dann lehne ich mich gegen den Tresen. Sobald Lyra aufgegessen hat, bringe ich sie nach oben, um uns fertig zu machen. Anschließend setze ich sie bei Shelby ab, die heute auf sie aufpasst.

Um zwanzig vor zehn erreiche ich mein Büro und stemple mich ein, bevor ich die fünf Blocks zu den Docks laufe, wo ich als etwas besserer Tankwart tätig bin. Was so viel heißt, als dass ich Buch darüber führe, welches Boot wie viel Benzin auffüllt, um den Besitzern am Ende jedes Monats eine Rechnung zu stellen. Mein Job ist in keiner Weise aufregend, aber ich kann mir meine Arbeitszeit größtenteils selbst einteilen, was für mich als alleinerziehende Mutter ein Vorteil ist. Auf meinem Weg zu dem kleinen Schuppen, von dem aus ich arbeite, entdecke ich Barry, einen älteren Fischereikapitän. Er unterhält sich mit Lulu, der Ehefrau des Besitzers von *Seaside Petroleum.* Lulu und ihr Mann Ben sind zwei der nettesten Menschen, denen ich je begegnet bin, und so bodenständig, dass man kaum glauben kann, welches Vermögen sie über die Jahre angehäuft haben. Ihnen gehört nicht nur das *Seaside Petroleum*, sondern auch zwei der vier Hotels in der Stadt und ein Restaurant auf der Main Street. Ich kenne die beiden schon mein ganzes Leben. Mit siebzehn begann ich für sie zu arbeiten, womit ich deutlich jünger war, als der Rest ihrer Angestellten.

Als Lulu mich sieht, schenkt sie mir ein genervtes Lächeln, was mich amüsiert, denn ich bin sicher, dass sie sich wieder einmal über Barry ärgert. Er beschwert sich ständig über seine monatliche Abrechnung. Lulu ist nur etwa einen Meter zwanzig groß und fünfundvierzig Kilo schwer – man sagt allerdings nicht umsonst *klein, aber oho.* Was ihr an Körpergröße fehlt, macht sie mit Selbstbewusstsein doppelt wett. Ihre kesse Art hilft vermutlich auch im Umgang mit ihrem Mann, denn dieser ist über einen Meter achtzig groß und wiegt hundert Kilo. Die Fischer, mit denen sie es hier täglich zu tun hat, sind von einem ähnlichen Schlag. Wäre sie nicht eine solche Persönlichkeit, würden sie die Kerle in ihrem Leben vielleicht über den Haufen rennen.

»Hey, Lu. Alles in Ordnung?«, frage ich, als ich zu ihnen stoße.

»Alles prima.«

Mein Blick fällt auf Barry. »Wie läuft es?«

»Derselbe Scheiß wie immer, nur an einem anderen Tag«, murrt er, und ich sehe, wie Lulu die Augen verdreht. »Ich glaube, euch ist bei meiner Rechnung ein Fehler unterlaufen.«

»Barry, wir führen diese Unterhaltung jeden Monat und am Ende bezahlst du immer, was du uns für den Treibstoff schuldest. Müssen wir diese Sache wirklich erneut durchkauen?« Lulu stützt die Hände auf ihre schlanken Hüften.

»Ich bin nicht aus Geld gemacht, Frau.« Er schnaubt.

»Barry, du weißt, dass ich die Unterlagen aufbewahre und dir niemals Benzin in Rechnung stellen würde, das du nicht verbraucht hast«, erinnere ich ihn.

»Vielleicht hast du es dieses Mal vermasselt?«

»Habe ich nicht.«

»Hat sie nicht«, bestärkt Lulu mich, ehe ihr Geduldsfaden reißt. »Ich habe Aubrey jedes Mal ein Foto machen lassen, wenn du zum Tanken gekommen bist, damit ich einen Beweis habe. Soll ich dir die Bilder zeigen?«, fragt sie und hebt eine Braue.

Er sieht mich überrascht an, und ich zucke mit den Schultern. Die Idee mit den Beweisfotos kam mir vor ein paar Monaten, als er mit derselben alten Leier über fünfhundert Dollar seiner Rechnung nicht bezahlen musste. »Nein.«

»Gott sei Dank. Können wir dieses Treffen jetzt beenden? Ich habe viel zu tun und keine Zeit, hier rumzustehen und mit dir über deine Rechnung zu diskutieren. Eine Rechnung, die du so oder so bezahlen wirst.«

Seht ihr? Klein, aber oho.

»Gut.« Er schaut zwischen uns hin und her, bevor er sein Kinn hebt und zu seinem Boot verschwindet.

»Ich schwöre, dieser Kerl bringt mich eines Tages um den Verstand.« Kopfschüttelnd sieht Lulu ihm nach, dann fällt ihr Blick auf mich und wird sanfter. »Wie aufgeregt ist deine Kleine wegen ihres Geburtstags?«

»Sie hat gefragt, ob sie zum Frühstück Kuchen haben kann«, antworte ich, was sie zum Lachen bringt.

»Und bekommt sie welchen?«

»Ähm, nein.«

»Was war ihre zweite Wahl?«

»Meine Pancakes und Denvers Rührei. Das heißt, sofern er rüberkommen kann, um sie für sie zu machen.«

»Ich bin sicher, das wird er«, sagt sie wissend, und ich zucke mit den Schultern. »Wann wollt ihr zwei denn ...«

»Lu«, unterbreche ich sie.

»Was denn? Ich bin nicht blind. Jeder hier kann sehen, dass da etwas zwischen euch ist.« Sie breitet dramatisch die Arme aus.

»Du hast Wahnvorstellungen.«

»Nein, aber du hast eine Wahrnehmungsstörung. Dieser Mann ist in dich verliebt.«

»Fängst du schon wieder damit an?« Seit vier Jahren versucht sie mich davon zu überzeugen, dass Denver Gefühle für mich hat. Doch sie liegt falsch, denn er und ich sind Freunde – mehr oder weniger. Er ist jedenfalls kein Held in einem Liebesroman, der darauf wartet, dass ich mir seiner Liebe für mich bewusst werde. Soweit ich gehört habe, soll er sich seit seiner Rückkehr in die Stadt mit ein paar Frauen getroffen haben. Was ich zwar nicht mit eigenen Augen gesehen habe, aber ich gehe auch nicht viel aus.

»Ja, weil es wahr ist.«

»Ist es nicht.«

»Doch, das ist es«, argumentiert sie weiter.

»Ich bringe deine Luftschlösser nur ungern zum Einsturz, aber er war mir nie mehr als freundschaftlich verbunden, Lu.«

»Wie auch, wenn du ihm nicht zu verstehen gibst, dass du wieder bereit bist, mit jemandem auszugehen.«

Okay, vielleicht hat sie recht. Noch habe ich keine Signale ausgesendet, dass ich ein Interesse an Dates habe. Ich weiß nicht einmal, ob ich schon bereit dafür bin. Meine Beziehung zu Gabe ist alles, was ich kenne, und ich liebte, was wir hatten. Es war einfach, mit ihm zusammen zu sein, weil er mein bester Freund war. Er verstand mich und wusste, wie unbeholfen ich war ... oder bin. Mit jemand Neuem auszugehen, wäre wie die Entdeckung einer fremden Welt – was beängstigend ist. Keine Ahnung, wie ich anfangen sollte, aber das sollte ich. Mit fehlt es, mit jemandem Zeit zu verbringen. Ich vermisse all die Dinge, die mit einem festen Partner einhergehen – das Kuscheln, die Gespräche, den Sex. Obwohl ich auch ohne Sex leben könnte, zumindest größtenteils.

»Hast du nicht etwas zu tun?«, frage ich, als ich spüre, wie meine Wangen warm werden.

»Nein, ich habe den ganzen Tag frei.«

»Lügnerin, du hast nie frei.«

»Wohl wahr.« Sie seufzt. »Heute wäre das erste Mal gewesen, wenn Barry nicht wegen seiner Rechnung angerufen hätte.«

»Du hättest das Ben überlassen können.«

»Du kennst Ben. Wenn er die Beherrschung verliert, muss ich zum Polizeirevier und mit deinem Vater reden.«

»Stimmt.« Ben ist ein Bär, meistens von der Sorte Teddybär. Es sei denn, man verärgert ihn, dann braucht es nicht viel, damit er aus der Haut fährt. »Du hast vielleicht nichts zu tun, aber ich schon«, sage ich, in der Hoffnung, dass sie so für eine Weile aufhört, mich wegen Denver zu nerven.

»Gut, aber eines Tages wirst du zu mir kommen und mir erzählen, dass du und Denver zusammen seid. Dann werde ich versuchen, dir nicht ein *Ich hab's dir doch gesagt* auf die Nase zu binden.«

»Wie auch immer.« Ich verdrehe die Augen.

»Wann findet die Party morgen statt?«

»Alle kommen gegen fünf Uhr zu Pizza und Kuchen vorbei.«

»Sollen Ben und ich etwas mitbringen?«

»Nur euch selbst«, sage ich und drehe mich um, als ein Boot anlegt. Sobald ich es sehe, macht mein Herz einen Satz, was es ganz und gar nicht tun sollte.

Denvers Boot ist unverwechselbar. Sein Anstrich ist erst ein Jahr alt – weiß mit einem breiten lavendelfarbenen Streifen, der sich einmal um die Außenhaut zieht. Lyra hat die Farbe ausgesucht. Als Denver sie darum bat, hielt ich ihn für verrückt, weil ich sicher war, dass sie sich für Rosa entscheiden würde. Auch wenn Lavendel nicht viel besser ist, hatte Denver nicht mal mit der Wimper gezuckt, als sie ihm ihre Farbwahl nannte. Tatsächlich wirkt der lavendelfarbene Streifen zusammen mit dem schwarzen, geschwungenen Schriftzug des Bootnamens – *Aurora* – ziemlich cool.

»Sieh mal einer an, was die Flut angespült hat«, meint Lu und grinst von einem Ohr zum anderen.

Ich unterdrücke ein genervtes Stöhnen und gehe zum Schuppen, um die Heizung aufzudrehen, weil es darin eiskalt ist. Ich lege mein Portemonnaie weg und nehme mein Quittungsbuch zur Hand. Als ich Denvers Boot erreiche, steht er am Rand und redet mit Lu, dann fällt sein Blick auf mich. »Hey.«

»Hey«, wiederhole ich, während ich mir eine Strähne meines Haares hinters Ohr streiche. »Brauchst du Benzin?« Wie dumm diese Frage ist, wird mir bei seinem Grinsen klar. Ich bin eine Idiotin. Welchen anderen Grund hätte er, hierherzukommen, außer um Treibstoff für sein Boot zu holen?

»Ja.« Er schiebt die Hände in die Vordertaschen seiner Jeans, und mir fällt wieder einmal auf, wie perfekt sie sich an seine Oberschenkel schmiegt. Das dunkle Thermoshirt, das er trägt, liegt ebenfalls eng an und zeigt seine starken Arme, die breite Brust und seine Bauchmuskeln. Er ist auf eine maskuline Art schön, mit einem markanten Kiefer, der stets von einem Dreitagebart bedeckt ist, und dunklem, dichtem, gewelltem Haar. Seine goldgrünen Augen sind von Wimpern umgeben, die mich neidisch werden lassen. Er sieht aus, als hätte ihn jemand auf die Erde geschickt, um die Frauen dieser Welt in den sexuellen Wahnsinn zu treiben. Ich bin sicher, dass ihm keine widerstehen kann. »Ist mein Mädchen heute bei deiner Mom oder bei meiner?«, erkundigt er sich, und mir wird warm ums Herz. Ich liebe es, dass er Lyra als sein Mädchen bezeichnet.

»Bei meiner«, antworte ich. »Nächste Woche gehört sie ganz deiner Mutter.«

»Richtig.« Er nickt. Wahrscheinlich weiß er, dass sich unsere Mütter jede zweite Woche abwechselnd um Lyra kümmern, während ich arbeite. Früher haben mir Gabes Eltern geholfen, aber vor zwei Jahren musste ich das ändern.

Ich habe Gabe geliebt, mit seiner Familie hatte ich allerdings meine Schwierigkeiten. Seine Eltern sind beide ein wenig seltsam, nicht auf die lustige Art. Mehr auf eine Weise, vor der ich mich mittlerweile in Acht nehme. Sie leben größtenteils von der Natur und hassen die Regierung. Eigentlich können sie keine Art von Autorität leiden. Sie glauben nicht an Bildung oder die moderne Medizin. Außerdem haben sie ständig auf mich eingeredet, wie ich meine Tochter ihrer Meinung nach erziehen sollte. Alles Dinge, mit denen ich mich abgefunden habe, weil Gabe es so gewollt hätte. Bis zu dem Vorfall mit der Muttermilch.

Gabes Eltern wollten unbedingt, dass ich Lyra stillte, was ich leider nicht konnte. Also hatten sie die Milch einer anderen Frau besorgt, ohne mich vorher zu fragen. Als ich das herausfand, wurde ich natürlich wahnsinnig misstrauisch. Von da an machte ich mir ernste Sorgen, dass die beiden, wenn Lyra in meiner Abwesenheit etwas zustoßen sollte, nicht mit ihr zum Arzt gehen würden. Naturheilmittel sind leider nicht für jedes Gebrechen eine Lösung. Gabe hatte eine große, hässliche Narbe an seinem Bein, die bewies, dass seine Eltern in dieser Sache etwas zu extrem waren. Als er sieben Jahre alt war, hatte er sich mit einer Axt in den Fuß geschnitten, und seine Eltern brachten ihn nicht ins Krankenhaus. Stattdessen säuberten und nähten sie die Wunde selbst. Am Ende infizierte sich alles und er hätte sein Bein verlieren können. Mir graute vor dem Tag, an dem ich meine Tochter bei Gabes Eltern abholte und sie sich nicht nur verletzt hatte, sondern auch niemand mit ihr zum Arzt gegangen war.

»Also, Denver, was hast du morgen Früh vor?«, fragt Lu, und er wendet seine Aufmerksamkeit von mir auf sie.

»Noch nichts. Was steht an?«, entgegnet er, und ehe Lu noch mal ansetzen kann, ergreife ich das Wort. Wer weiß, was sie sich sonst ausdenkt, um uns zusammenzubringen.

»Lyra möchte wissen, ob du ihr morgen anlässlich ihres Geburtstags Rühreier zum Frühstück machen kannst«, erkläre ich, und seine Miene wird sanfter.

»Das kann ich.«

»Super, sie wird sich freuen«, sage ich, und er hebt sein Kinn. »Ich bereite schnell alles für deine Tankfüllung vor.« Ich sehe Lu an. »Bis morgen?«

»Bis morgen«, erwidert sie, dann lasse ich die beiden stehen und mache mich an die Arbeit.

Vier Stunden später sitze ich in voller Wintermontur – Jacke, Schal, Mütze und Handschuhen – im Schuppen und lese auf meinem Kindle. Als jemand an das Seitenfenster klopft, sehe ich auf. Beim Anblick meines Besuchers muss ich grinsen und schiebe das Fenster auf. »Hey, Mike.«

Mike lebt nicht hier in der Stadt, sondern auf einer anderen kleinen Insel in Alaska. Jedes Frühjahr kommt er zum Fischen hierher und reist erst am Ende des Sommers wieder ab. Ich würde ihn nicht als gutaussehend bezeichnen, aber er ist niedlich und hat immer ein warmes Lächeln im Gesicht.

»Hey, Aubrey.« Seine Mundwinkel beginnen sich zu

heben, dann runzelt er die Stirn. »Warum bist du so angezogen?«

»Die Heizung ist ausgefallen. Sie funktioniert schon seit ein paar Tagen nicht mehr richtig, aber heute hat sie endgültig den Geist aufgegeben.«

»Soll ich mal einen Blick drauf werfen?«

Ich schüttle den Kopf. »Lu und Ben bekommen heute eine neue. Sie sollten bald mit ihr hier sein.«

»Okay.« Er beugt sich vor, und obwohl ich seine Hände nicht sehen kann, erkenne ich an seiner Körperhaltung, dass er sie in die Vordertaschen seiner Jeans oder in seine Jacke gesteckt hat. »Hattest du einen schönen Winter?«

»Wie ein Winter hier so ist.« Ich zucke mit den Schultern. Die Winter in Alaska sind brutal. Nicht nur, dass es meist den ganzen Tag lang dunkel ist, es ist auch bitterkalt und oft liegt so viel Schnee, dass man das Haus nicht verlassen kann. Wenn meine Eltern nicht direkt nebenan wohnen würden, würde ich wahrscheinlich durchdrehen. »Wie war dein Winter?«

»Ich war in Vegas, da ich dort eine Wohnung habe, also ziemlich gut.«

»Darauf wette ich.« Ich lächle. »Ich war noch nie in Vegas, aber ich möchte irgendwann mal hinreisen.«

»Du solltest mich im nächsten Winter besuchen kommen. Ich habe ein freies Zimmer; du und deine Tochter könnt dort wohnen.«

»Vielleicht«, stimme ich zu, ohne groß darüber nachzudenken, und seine Augen leuchten auf. Mist, was habe ich da gesagt? »Brauchst du etwas?« Sein Boot ist nicht am Kai angelegt, aber das bedeutet nicht viel.

»Ich ... nun, ich wollte fragen, ob du mit mir essen gehen willst. Vielleicht nächsten Freitag, bevor die Angelsaison eröffnet wird?«

»Ähm ...« Hatte ich nicht erst heute gesagt, dass ich Dating langsam wieder in Angriff nehmen sollte? Vielleicht ist Mike der richtige Mann, um einen Versuch zu wagen. Er scheint immer ziemlich entspannt zu sein, und er macht mich nicht nervös. Wirklich, so gar nicht. Keine Schmetterlinge im Bauch, kein Kribbeln. Nichts. »Klar, Freitag passt mir«, sage ich, in der Gewissheit, dass entweder Shelby oder Joe bereit sein werden, ein paar Stunden auf Lyra aufzupassen, während ich ausgehe.

»Wirklich?« Er wirkt so überrascht, dass ich nicht anders kann, als zu kichern.

»Ja.«

»In Ordnung. Willst du mir deine Nummer geben?«

»Klar.« Nachdem wir unsere Kontaktdaten getauscht haben, reden wir noch ein paar Minuten, bevor er abfährt.

Sobald er weg ist, machen sich Schuldgefühle in meiner Brust breit und mein Magen fühlt sich an, als hätte ich saure Milch getrunken. Ob es ein Verrat an Gabe ist, wenn ich mit einem anderen ausgehe?

Bevor ich mich zu sehr in diesen Gedanken reinsteigern kann, atme ich ein paar Mal tief durch und erinnere mich an Shelbys Worte von vor einiger Zeit: *Schätzchen, du bist immer noch hier, du lebst und atmest. Gabe würde wollen, dass du glücklich bist.*

Damals ging es allerdings nicht um Verabredungen, sondern darum, dass ich Gabes und meine Schlafzimmermöbel ersetzen wollte.

Trotzdem denke ich, dass sie mir in dieser Situation das Gleiche sagen würde. Gabe würde mein Glück wollen, egal wie dieses Glück aussieht ... oder etwa nicht?

2. Kapitel

Denver

»Hey«, begrüßt Aubrey mich mit einem müden Lächeln, als sie mir die Haustür öffnet. Ihr Haar ist zerzaust – so wie es nach einer heißen und heftigen Runde Sex aussehen könnte. Ein schläfriger Ausdruck liegt in ihren Augen und ihre Wangen sind rosa gefärbt. Ich lasse meinen Blick über ihren Körper gleiten und unterdrücke ein Stöhnen, als ich sehe, was sie anhat. Es ist nicht gerade sexy, aber sie muss nicht in Unterwäsche rumlaufen, um meine Aufmerksamkeit zu erregen. Kurze schwarze Shorts mit weißem Besatz am Saum, ein weißes T-Shirt, das eng anliegt und durchsichtig ist, dazu lange Strümpfe, die ihr bis über die Knie reichen. Durch die Streifen am oberen Rand erinnern sie mich an die Socken, die Basketballspieler früher getragen haben.

»Lyra schläft noch.« Ihre Worte holen mich zurück ins Jetzt, und ich bemerke, dass sie sich bereits von der Tür entfernt hat. »Ich wollte sie gerade wecken«, erklärt sie und bei jedem Schritt schmiegen sich die Shorts an ihren Hintern. Als sie mich über ihre Schulter hinweg ansieht, hebe ich den Blick, bevor sie mich beim Starren erwischt. »Ich habe eine Kanne Kaffee aufgesetzt, bediene dich ruhig. Ich bin in ein paar Minuten unten.«

Aubrey joggt die Treppe hinauf, und als sie außer Sichtweite ist, schüttle ich den Kopf. Ich muss geduldig bleiben, das Warten wird sich am Ende auszahlen. Jedenfalls hoffe ich das, denn bislang war es vergeblich. Aubrey gibt keine Zeichen, dass sie für die Idee eines Dates offen ist. Wenn wir uns unterhalten, verhält sie sich mir gegenüber nett, mehr auch nicht. Würde ich nicht sehen, wie offensichtlich sie sich zu mir hingezogen fühlt, käme ich mir wie ein Idiot vor, weil ich noch immer auf sie warte.

Ich trage die Tüte, die ich mitgebracht habe, in die Küche und breite den Inhalt auf der Arbeitsplatte aus. Dann hole ich eine Pfanne hervor, stelle sie zum Aufwärmen auf die Herdplatte und gebe etwas Butter hinein. Während diese schmilzt, richte ich alles Notwendige für die Rühreier her. Zehn Scheiben Schmelzkäse und Honigschinken, den ich in eine Schüssel gebe. Mit dem Aufschlagen der Eier warte ich noch, da Lyra gerne dabei zusieht.

Ich höre Schritte auf der Treppe, dann das Getrappel von Kinderfüßen, das in meine Richtung führt. Ich wasche mir die Hände, und kaum dass ich mich umdrehe, sehe ich Lyras Haare in einem Pferdeschwanz hinter ihr herfliegen, während sie direkt auf mich zurennt. Ich gehe in die Hocke, und sie stürzt sich mit einer solchen Wucht in meine Arme, dass ich fast ins Wanken komme.

»Hey, Hübsche. Alles Gute zum Geburtstag«, flüstere ich ihr ins Ohr, und sie schlingt die Arme fest um meinen Hals, damit ich sie hochheben kann.

»Ich habe dich vermisst«, wispert sie und verstärkt

ihren Klammergriff um mich.

Lächelnd drücke ich ihr einen Kuss auf den Kopf. »Ich dich auch.« Es waren zwar nur zwei Tage, in denen wir uns nicht gesehen haben, dennoch hat sie mir gefehlt.

»Ich habe dich mehr vermisst.« Sie lehnt sich etwas zurück, um mich anzugrinsen.

»Unmöglich.« Ich berühre mit den Lippen ihre Stirn, dann sehe ich zu Aubrey. Sie steht in der Küchentür, die Arme vor der Brust verschränkt, und beobachtet uns mit einem sanften Ausdruck in ihren Augen. Ich liebe diesen Blick. Um ehrlich zu sein, liebe ich alles an ihr. Ich schaue wieder zu Lyra. »Bereit, mir mit dem Rührei zu helfen?«

»Mit extra Käse?«

»Kann man Rührei auch anders machen?«

»Nope.« Sie schüttelt den Kopf. Amüsiert setze ich sie auf die Arbeitsplatte und schiebe die Schüssel sowie den Eierkarton näher zu ihr.

Als Lyra zwei Jahre alt war, wollte sie kaum noch etwas essen. Ihr Arzt war besorgt über ihr Gewicht und riet Bre zu einem Nahrungsergänzungsmittel. Lyra verweigerte auch dieses. Eines Morgens passte ich auf sie auf und machte mir ein paar Rühreier. Sie aß alles von meinem Teller und verlangte sogar einen Nachschlag. Zwei Monate lang machte ich ihr jeden Tag Frühstück, und nachdem wir sie aufgepäppelt hatten, begann sie weitere Dinge in ihre Ernährung aufzunehmen. Am Ende war ihr Arzt zufrieden und Bre erleichtert. Ich war froh, dass ich helfen konnte.

»Möchtest du einen Kaffee?«, fragt Bre.

Ich lenke meine Aufmerksamkeit von Lyra, die gerade

Eier aufschlägt, zu Bre. »Ja, Babe.«

Sie nickt und füllt eine Tasse, dann eine weitere. Sie gibt mir meine und nimmt einen Schluck aus der anderen, dann sucht sie die Zutaten für ihre Pancakes zusammen. Im Gegensatz zu mir verwendet sie keine Fertigteigmischung, sondern macht diese nach eigenem Rezept. Ihre Pancakes schmecken so gut, dass sie vermutlich einen Preis mit ihnen gewinnen könnte – an den Rändern knusprig, in der Mitte weich und fluffig. Sobald Lyra alle Eier aufgeschlagen hat, darf sie diese verquirlen und in die Pfanne schütten.

»Also, Geburtstagskind, was hast du heute vor?«

»Ich gehe mit Mom auf Bärenjagd«, erzählt sie, und ich hebe an Bre gewandt eine Braue.

»Wir fahren die Straße entlang«, beschwichtigt sie mich. »Dad hat gesagt, dass die ersten Lachse den Fluss hinaufziehen und Bären anlocken. Ly möchte mit der Kamera, die mein Bruder ihr zum Geburtstag geschenkt hat, ein paar Fotos knipsen.«

»Steigt nicht aus dem Jeep aus, und wenn sich ein Bär nähert, stellt sicher, dass ihr im Ernstfall flüchten könnt.«

Sie verdreht die Augen. »Ich bin nicht verrückt, Den«, sagt sie und löffelt ihren Pancaketeig in eine Pfanne auf dem Herd.

»Ich weiß, aber Bären sind unberechenbar. Erinnerst du dich an den Vorfall mit der Touristengruppe letztes Jahr?«

»Ich erinnere mich«, erwidert sie leise und beginnt zu zittern.

Letzten Sommer wanderten ein paar Leute zum Gletscher hinaus, um die Bären beim Lachsfang im Fluss zu beobachten. Sie erweckten das Interesse eines der Bären, der in einem Versuch, sie sich näher anzusehen, ihren Mietwagen zerstörte. Zum Glück wurde niemand ernsthaft verletzt, aber es hätte schlimm enden können.

»Kannst du mit uns kommen?«

Ich spüre, wie sich Bre auf Lyras Frage hin leicht anspannt. Ein Teil von mir möchte zustimmen, um Bre einen leichten Schubs zu geben, aber ich lasse es.

»Ich muss arbeiten, aber ich werde heute Abend zu deiner Party hier sein.«

»Oh, okay.« Lyra seufzt, und ich küsse sie auf die Stirn. Dann widme ich mich den Rühreiern, gebe erst den Schinken hinzu und zuletzt den Käse.

Wir frühstücken in der Küche, anschließend verabschiede ich mich mit dem Versprechen, abends für Kuchen und Pizza zurückzukommen.

Ich erreiche mein Boot und bereite alles für die nächste Woche vor. Zwar habe ich dieses Wochenende frei, wenn man jedoch sein eigener Chef ist, gibt es immer etwas zu erledigen. Nach der Arbeit hole ich Lyras Geburtstagsgeschenk ab. Einer der Läden in der Stadt stellt maßgeschneiderte Jacken und Westen her; man kann die Farbe wählen und verschiedene Bänder hinzufügen. Ich habe für Lyra eine dunkelrosa Fleecejacke und eine passende Weste mit weißem Band besorgt, auf dem kleine Herzen und über der Brust ihr Name eingestickt sind. Die Idee kam mir, als ich Lyras Reaktion auf mein Weihnachtsgeschenk für Mom gesehen hatte, ebenfalls eine personalisierte Jacke. Ich bin sicher, dass sich mein Mädchen über ihre eigene freuen wird. Bis zur Party bleibt noch etwas Zeit, also statte ich meinen Eltern einen Besuch ab.

Ich parke in der Einfahrt neben Moms Wagen, steige aus und gehe ohne Klopfen ins Haus. Als ich meine Mutter verzweifelt *Nein!* rufen höre, halte ich inne.

»Nein. Bitte sag mir, dass das nicht wahr ist«, dringt ihre Stimme aus der Küche. Unweigerlich frage ich mich, mit wem sie spricht. Als ich zu ihr in den Raum trete, hebt sie den Kopf, und ich erkenne das Telefon in ihrer Hand. »Shel, ich muss los.« Shel? Aubreys Stiefmutter? Plötzlich sitzt mir die Sorge um meine beiden Mädchen im Nacken. »Ich weiß. Tut mir leid, aber Denver ist gerade reingekommen.« Mom schaut zu Boden. »So ist es. Ich rufe dich zurück, sobald ich kann. Ja, bis später.« Sie legt auf.

»Was ist los? Geht es Bre und Lyra gut?« Bilder von ihnen und einem Bären erscheinen vor meinem geistigen Auge, und mit aller Kraft hindere ich mich daran, wieder in meinen Wagen zu steigen. Mom meidet meinen Blick, und meine Sorge wird größer. »Zur Hölle, Mom. Sind Bre und Lyra in Ordnung?«

»Es geht beiden gut. Ähm ...« Sie schaut kurz zu mir, dann zur Seite. »Aubrey hat Shel gebeten, nächsten Freitag auf Lyra aufzupassen.«

»Und weiter?« Ich runzle die Stirn.

»Sie hat ein Date.«

Ich muss sie falsch verstanden haben. Nie im Leben hat sie gerade gesagt, dass Bre nächsten Freitag ein Date hat. »Wie bitte?«

»Ein Date. Bre ist Freitag in einer Woche mit jemandem verabredet«, erklärt sie und wendet sich dem Waschbecken zu, um den Abwasch zu erledigen.

»Du verarschst mich doch.« Meine Mutter weiß seit Jahren, wie ich für Bre empfinde. Jeder scheint sich darüber im Klaren zu sein.

»Nicht in diesem Ton«, entgegnet sie und funkelt mich über ihre Schulter hinweg an. »Und nein, das tue ich nicht.«

Fuck. Sie lügt nicht. Was soll der Mist? Bre hat ein Date ... mit wem? »Mit wem?«, frage ich laut.

»Was?«

»Mit wem geht Bre aus?«, knurre ich.

»Der Kerl heißt Mike. Ich schätze, er wohnt außerhalb der Stadt, aber er fischt hier während der Saison.«

Ich zerbreche mir den Kopf, um herauszufinden, wer dieser Mike ist. Ich kenne einige, die meisten sind verheiratet. »Mike und wie noch?«

»Keine Ahnung.« Sie schüttelt den Kopf. »Ist das wichtig? Aubrey hat ein Date.«

Ich lehne mich gegen den Tresen, während sich mir der Magen umdreht. Es ist offensichtlich, dass ich diesen Mike nicht kenne. Ansonsten würde er die Finger von ihr lassen, da ich jedem in dieser Stadt klargemacht habe, dass Bre zu mir gehört. Vielleicht noch nicht jetzt, aber bald. »Scheiße.« Ich fahre mir mit den Fingern durch die Haare.

»Ernsthaft, achte auf deine Wortwahl.« Mom wirft mir einen feuchten Lappen zu, und ich fange ihn auf. »Was wirst du jetzt unternehmen?«

»Ich sage dir, was ich nicht tun werde: Tatenlos

zusehen, wie sie mir erneut weggenommen wird.« Ich höre Mom tief Luft holen, als Erleichterung in ihre Augen tritt.

3. Kapitel

Aubrey

Man sollte meinen, eine Geburtstagsfeier für eine Vierjährige auszurichten, sei ein unkompliziertes Unterfangen. Leider ist das nicht der Fall. Besonders dann nicht, wenn man diese Party vorbereitet, während man besagte Vierjährige bändigt, die gerade ihr Gewicht in Zuckerguss gegessen hat und nun wild durchs Haus hüpft. Wahrscheinlich hätte ich ihr nicht erlauben sollen, vom Zuckerguss zu naschen, während wir ihren Kuchen dekoriert haben, aber ich konnte ihrer süßen Schnute einfach nicht widerstehen.

»Ly, Liebes, hör bitte auf, dich zu drehen. Sonst wird dir schlecht«, sage ich, während sie sich weiter kichernd im Kreis dreht, bis das knallpinke Luftschlangenband, das sie vor fünf Minuten vom Tisch gemopst hat, wie bei einer Mumie um sie gewickelt ist.

»Okay, Mommy.« Sie lässt sich auf den Boden fallen, die Arme und Beine weit von sich gestreckt, als wäre sie ein Seestern.

Leise lachend schnappe ich mir einen weiteren Luftballon und blase ihn auf, als es an der Tür klingelt. Ich schaue zu Ly, die mittlerweile Schneeengel in unseren Teppich macht, und lausche amüsiert, wie sie eines der Lieder aus dem Disney-Film *Frozen* anstimmt. »Bin gleich wieder da«, sage ich und gehe in den Eingangsbereich. Vor der Tür steht Denver, mit dem ich nicht so früh gerechnet habe. Noch weniger mit dem wütenden Ausdruck in seinen Augen. Da er sonst immer ausgeglichen ist, muss ihn etwas wirklich Schlimmes verärgert haben. »Ist alles in Ordnung?«

»Hast du ein Date?«

Es dauert eine Sekunde, bis seine Frage für mich Sinn macht, dann wird mir flau im Magen. Ich habe Shel heute Morgen gebeten, nächsten Freitag auf Lyra aufzupassen. Nie hätte ich gedacht, dass sie jemandem von meinen Plänen für diesen Tag erzählen könnte. »Ich ...«

Bevor ich ein weiteres Wort herausbringen kann, überbrückt Denver den Abstand zwischen uns und umfängt meinen Nacken. Dann liegt sein Mund auf meinem. Ich bin so verblüfft von seinem plötzlichen Überfall, dass ich von Kopf bis Fuß erstarre.

»Küss mich«, fordert er gegen meinen Mund und nimmt meinen Blick gefangen. Nervös lecke ich mir über die Lippen, was bedeutet, dass meine Zunge auch seine Lippen berührt. »Fuck.« Erneut versucht er mich in einem Kuss zu erobern, dann beißt er in meine Unterlippe und ich schnappe nach Luft. »Aufmachen.«

Ich schüttle den Kopf und lege die Hände auf seinen Oberkörper, um ihn wegzuschieben. Stattdessen kralle ich die Finger in sein Hemd, als er mit seiner freien Hand meine Brust umschließt und sein Daumen über meinen Nippel streicht. Verlangen, wie ich es noch nie zuvor verspürt habe, durchflutet mich, und ich wimmere ein *Oh Gott.* Dann streicht seine Zunge zwischen meine geöffneten Lippen und ich schließe die Augen. Er schmeckt gut, wie das Meer und die Sonne, mit einem Hauch Minze und Kirschen.

Ich erwidere seinen Kuss und ziehe ihn so nah wie möglich an mich heran. Ich hatte recht. Vor all den Jahren dachte ich, dass ein Kuss von ihm meine Welt auf den Kopf stellen konnte, und genauso ist es. Ihn auf diese Art zu spüren, lässt alles um uns herum verschwinden, bis es nur noch uns gibt. Nur diesen Moment.

»Mommy.« Wie eine eiskalte Dusche holt mich Lyras Stimme in die Realität zurück, und ich löse mich von Denver und stoße gegen seine Brust, um mich zu befreien.

»Bre.« Er greift nach mir, doch ich stolpere von ihm weg und knalle mit dem Rücken gegen die Wand. Ich schlage mir die Hand vor den Mund, hebe den Blick und treffe auf seinen. Kopfschüttelnd bedeute ich ihm, zu bleiben, wo er ist. Doch er kommt auf mich zu. »Bre ...«

»Denver!«, hören wir Ly rufen, dann wirft sie sich auch schon in seine Arme. Er hebt sie mit Leichtigkeit hoch, und sie drückt sich an ihn.

Ich schaue weg. Meine Lunge brennt, und ich spüre die Hitze von Denvers Blick auf mir, während mein Herz wie verrückt klopft. Ich versuche, wieder zu Atem zu kommen.

»Bist du hier, um uns beim Dekorieren zu helfen?«, fragt Ly und strahlt Denver an, während sie sein Gesicht mit beiden Händen festhält, um sich seine volle Aufmerksamkeit zu sichern.

»Ja, aber ich muss mit deiner Mom sprechen. Kannst du uns einen Moment allein lassen und in der Küche auf uns warten?«

Als Lyra zustimmend nickt, wallt Panik in mir auf. Er gibt ihr einen Kuss auf die Stirn, dann stellt er sie auf die Füße und sie flitzt davon. Am liebsten würde ich ihr nachlaufen, aber ich bin erwachsen und muss mich dieser Konfrontation stellen. Keine Ahnung, warum Denver mich geküsst hat oder was zur Hölle ich mir dabei gedacht habe, seinen Kuss zu erwidern. Klar ist, dass es nicht noch mal passieren darf. Tränen schnüren mir die Kehle zu und ich senke die Lider. Als jemand mein Kinn berührt, schlage ich die Augen auf.

»Bitte lass mich«, flehe ich und schaue in seine schönen Augen. Wie soll ich es in seiner Nähe aushalten, wenn ich endlich weiß, wie er schmeckt? Wie es sich anfühlt, wenn er mich berührt? Ich habe noch nie so empfunden wie in diesem Moment. Ein so starkes Verlangen war mir völlig fremd, ich habe es sogar für unmöglich gehalten. Mir ist heiß und die Spannung in meinem Körper ist so groß, als stünde ich unter Strom.

»Du wirst nicht mit Mike ausgehen.«

Wie bitte? »Was?«, flüstere ich.

Er senkt sein Gesicht zu meinem. »Du wirst nicht ausgehen.«

Ich beobachte, wie er den Kiefer anspannt, und die Muskeln in meinem Bauch ziehen sich bei dem Anblick zusammen. »Den...«

»Nein.« Er drängt mich enger gegen die Wand und

presst seinen Körper an meinen, eine Hand auf meiner Hüfte und die andere an der Wand über meiner Schulter. »Du gehörst mir, Bre, und mir ist egal, was ich tun muss, um dir das zu beweisen. Ich werde erst locker lassen, wenn du das begreifst.«

Ich schlucke schwer. »Denver, das können wir nicht tun.«

»Doch können wir, und das werden wir. Ich habe eine verdammte Ewigkeit darauf gewartet, dass du bereit bist, Bre. Damit ist jetzt Schluss.« Die Bestimmtheit in seinen Worten trifft mich wie ein Schlag.

»Bitte tritt zur Seite.« Meine Stimme zittert genauso wie ich.

»Fürs Erste.« Sein Gesicht kommt näher und ich spüre seinen warmen Atem an meinen Lippen. »Ich lasse dir deinen Freiraum, aber nur bis Lyra heute Abend ins Bett geht. Sobald sie schläft, werden du und ich ein langes Gespräch darüber führen, was wir füreinander sind.«

»Okay«, stimme ich zu, da ich buchstäblich mit dem Rücken zur Wand stehe. Ich habe keine andere Wahl, als mich auf seinen Vorschlag einzulassen, ansonsten komme ich nicht von ihm weg. Ich winde mich aus seinem Griff und ducke mich unter seinen Arm hindurch, bevor ich ohne einen Blick zurück in die Küche eile. Als ich Ly an der Kochinsel sehe, die Finger in der Zuckergussglasur der Torte, schenke ich ihr ein zittriges Lächeln.

»Ly, niemand wird den Kuchen essen wollen, wenn kein Zuckerguss mehr darauf ist.« Ich küsse sie auf den Kopf und ziehe ihre Hand weg. Dann trage ich mein Mädchen zum Waschbecken und setze sie daneben auf dem Tresen ab.

»Mhm, so lecker«, sagt sie und leckt sich die Finger sauber, während ich das Wasser aufdrehe.

»Wirklich köstlich.« Denvers tiefe Stimme lässt mich zusammenzucken, und ich sehe, wie er ebenfalls etwas von der Glasur probiert – und sich dabei den Finger ableckt.

Oh Gott. Mein Inneres krampft sich zusammen, während meine Nippel hart werden. »Kein Zuckerguss mehr«, bringe ich hervor, und er grinst, als wüsste er genau, welche Wirkung er auf mich hat. Was zum Teufel geht hier vor?

»Wie weit sind wir mit dem Dekorieren?«, erkundigt Denver sich.

»Du brauchst nicht zu helfen.« Ich drehe das Wasser ab und trockne Lys Hände, bevor ich sie auf die Füße stelle. »Ich bin sicher, du hast Wichtigeres zu tun.«

»Nichts ist wichtiger für mich als du und Lyra.«

»Hast du heute eine Gehirnerschütterung erlitten?«, frage ich ernst, da ich nicht verstehe, was plötzlich in ihn gefahren ist. Erst der Kuss und jetzt diese Bemerkung. Ich weiß, dass Lyra ihm sehr viel bedeutet, das war nie ein Geheimnis. Was mich betrifft, hat er nie einen Versuch gestartet, mich für sich zu gewinnen. Genauso wenig hat er mich geküsst oder Dinge wie diese zu mir gesagt.

»Was ist eine Gehirnerschütterung?«, fragt Ly.

Ich schaue auf mein wunderschönes Mädchen hinunter. »Das bekommt man, wenn man sich den Kopf stößt, Liebes.«

»Oh.« Sie sieht Denver besorgt an. »Geht es dir gut?«

»Ich habe mir nicht den Kopf gestoßen, meine Hübsche, aber mir wurden heute Nachmittag die Augen geöffnet.«

Ihr besorgter Blick wird zu einem Stirnrunzeln, da sie diese Redewendung noch nicht kennt. »Dir wurden die Augen geöffnet?«

»Das sagt man nur so, Honey«, erkläre ich, bereit, dieses Thema zu beenden. »Lass uns die Dekoration fertig machen, ja? Es gibt noch eine Menge zu tun, bevor die ersten Gäste kommen.«

»Okay.« Sie zuckt mit den Schultern und hopst in Richtung der Tür, die ins Esszimmer führt. Ich folge ihr und spüre Denver in meinem Rücken. Dass er sich an uns dranhängt, versuche ich zu ignorieren.

»Wie war eure Bärenjagd heute? Habt ihr welche zu Gesicht bekommen?«, erkundigt er sich, während ich das Luftschlangenband aufhebe, mit dem Ly vorhin gespielt hat. Sie erzählt ihm von dem Schwarzbären, den wir auf dem Weg zum Fluss in einem Baum entdeckt haben, dann von dem Grizzly, den wir beim Lachsfischen beobachten konnten. Als sie ihn über unsere morgige Schlittenfahrt informiert und dazu einlädt, was er annimmt, zucke ich zusammen. Am liebsten würde ich ihn wieder ausladen, aber ich lasse es. Ly liebt Denver, und er liebt sie, also kann ich ihn nicht einfach aus ihrem Leben verbannen, auch wenn mir seine Gegenwart nach dem Vorfall gerade eben unerträglich erscheint. Nur ist er somit automatisch ein Teil meines Lebens.

Während der nächsten anderthalb Stunden versuche ich, Denvers Anwesenheit zu ignorieren, was nicht einfach ist. Ständig befindet er sich in unmittelbarer Nähe und bietet mir seine Hilfe an, egal ob beim Aufhängen der Luftschlangen oder der Ballons. Einmal ist er mir in die Küche gefolgt und hat sich an meinen Rücken gepresst, eine Hand auf meiner Hüfte, bevor er über meinen Kopf hinweg nach den Schüsseln griff, die ich aus einem der Oberschränke holen wollte. Zum Glück scheint Ly nicht aufzufallen, dass er sich anders verhält, an mir geht es jedoch nicht spurlos vorüber. Mir ist immer noch heiß und ich warte vergeblich auf Abkühlung.

Als es um halb fünf an der Tür klingelt, mache ich fast einen Freudensprung, weil ich weiß, dass mein Vater, Shel und meine kleine Schwester Penelope mit den Pizzen da sind. Sie hier zu haben, wird genug Ablenkung bieten, und die habe ich bitter nötig.

»Hey, Leute.« Lächelnd öffne ich ihnen die Tür, doch Dads Blick lässt mich zusammenzucken. Weiß er, dass ich geküsst worden bin? Ich berühre meine Lippen, um zu überprüfen, ob sie geschwollen sind oder es einen anderen Hinweis dafür gibt, was vorhin passiert ist.

»Hey, Süße«, begrüßt mich Shel, gibt mir einen Kuss auf die Wange und zieht mich in eine Umarmung. »Womit soll ich dir helfen?«

»Wir müssen nur noch das Essen rausbringen. Alles andere ist vorbereitet«, antworte ich und gebe sie frei.

»Wirklich?« Ihr Blick wandert über meine Schulter und füllt sich mit etwas, das ich nicht ganz deuten kann. »Hey, Denver.«

»Hey, Shel.« Lächelnd hält er Ly im Arm, die sich aus

seinem Griff windet.

Sobald ihre Füße den Boden berühren, rennt sie zu Shel, die sie hochhebt und im Kreis dreht. »Grandma!«, ruft Ly verzückt und beginnt zu kichern.

Ich spüre, wie meine Schwester die Arme um meine Taille schlingt, und neige den Kopf, um sie anzusehen. Zu spät, denn sie ist schon wieder weg und läuft ihrer Nichte hinterher, die sie vergöttert.

»Mein Mädchen«, höre ich Dad sagen und lenke meine Aufmerksamkeit auf ihn. »Was ist hier los? Warum siehst du so verängstigt aus?«

»Nichts«, gebe ich zurück und seine Augen verengen sich. »Es war nur ein anstrengender Tag«, füge ich hinzu und hoffe, meine Antwort beruhigt ihn so weit, dass er keine weiteren Fragen stellt.

»Bist du sicher?«

»Ja«, erwidere ich gespielt gut gelaunt, was nur dazu führt, dass er mich noch skeptischer mustert. Ich zeige auf die Pizzakartons, die er hält. »Willst du die im Esszimmer abstellen?«

Er antwortet nicht und wendet seinen forschenden Blick nicht von mir ab. Mein Vater kennt mich zu gut. Wir standen uns immer nahe; eine Bindung, die noch enger wurde, als er sich von meiner Mutter trennte. Dann noch mal, als ich Gabe verlor.

»Hat deine Mutter angerufen?«

Bei seiner Frage zieht sich meine Brust schmerzhaft zusammen. Meine Mutter ist nur dann ein Teil meines Lebens, wenn es ihr gerade passt oder sie in der Stadt ist und dafür eine Unterkunft braucht. Schon in meiner

Schulzeit war unsere Beziehung schwierig. Da ich ihren damaligen Freund nicht leiden konnte, wurden die Dinge zwischen uns noch turbulenter. Als sie sich von diesem Mann trennte, wurde unser Verhältnis ein wenig besser, großartig war es aber immer noch nicht. Als ich Gabe geheiratet habe, war sie zwar kein fester, beständiger Teil meines Lebens, aber sie war da. Allerdings nur bis ich ihn verloren habe, dann ging es zwischen meiner Mutter und mir schnell bergab. Ich hätte sie damals wirklich gebraucht; ich hätte meine Mom gebraucht, insbesondere nachdem ich von meiner Schwangerschaft erfahren hatte. Obwohl ich sie so sehr gebraucht hätte, stand sie mir damals nicht zur Seite. Tatsächlich habe ich seit Jahren nicht mehr mit ihr gesprochen.

Ich will nicht sagen, dass ich sie hasse, denn das tue ich nicht. Ich mag nur nicht, zu welcher Person sie geworden ist. Seit ich selbst ein Kind habe, verstehe ich sie noch weniger. Wenn Shel nicht wäre, wüsste ich nicht, was wahre Mutterliebe bedeutet. Sie stellt eine Konstante in meinem Leben dar; sie steht mir immer bei, egal ob ich sie brauche oder nicht.

»Nein, sie hat nicht angerufen«, sage ich, als mir klar wird, dass Dad noch auf eine Antwort wartet.

»Mist.« Er spannt den Kiefer an, und ich berühre seinen Arm.

»Es ist okay.«

»Ist es nicht. Heute ist der Geburtstag ihrer Enkeltochter.«

»Du hast recht, es ist nicht in Ordnung, aber es ist, wie es ist.«

»Lass mich das nehmen«, sagt Denver, der plötzlich neben mir steht. Ich beobachte, wie er die Pizzakartons von Dad entgegennimmt, bevor er ohne ein weiteres Wort weggeht.

»Wie ich höre, hast du nächsten Freitag eine Verabredung«, merkt Dad an und sieht Denver nach. Mir war nicht bewusst, dass Shel eine so große Klappe hat. Von jemand anderem kann Dad es nicht gehört haben, weil ich nur ihr davon erzählt habe, dass Mike mit mir ausgehen will.

Ich zucke mit den Schultern, da ich es weder bestätigen noch dementieren möchte.

»Und wie ich sehe, ist Denver hier«, fährt er fort, und mir schwant Übles. »Gut, dass der Junge endlich seinen Kopf aus dem Arsch gezogen hat.«

»Dad!«

»Ihr beide tanzt schon seit Jahren umeinander herum. Was auch immer zwischen euch passieren wird, solange ihr euer Glück findet, bin ich damit einverstanden.«

»Nichts wird passieren«, erwidere ich bestimmt. Ich kann nicht glauben, was er da von sich gibt.

»Alles in Ordnung?«, fragt Shel und schiebt sich unter Dads Arm.

»Gut. Alles ist gut.« Ich fahre mir mit den Fingern durch die Haare. Bin ich heute Morgen in einem alternativen Universum aufgewacht oder warum fühle ich mich wie im falschen Film? »Ich muss nach Ly sehen, damit sie nicht den ganzen Zuckerguss vom Kuchen nascht.« Ich wende mich zum Gehen, doch Shels Worte halten mich an Ort und Stelle fest.

»Lyra hat gefragt, ob sie heute Nacht bei uns bleiben kann. Ich habe zugestimmt. Ich hoffe, das ist für dich in Ordnung.«

Toll, so viel zu meinem Plan, mir Denver vom Leib zu halten, indem ich meine Tochter mit Filmen und Popcorn die ganze Nacht am Schlafen hindere.

»Schon okay«, erwidere ich und seufze.

»Wenn ihr auf Lyra aufpasst, können wir beide in die Stadt gehen und etwas trinken«, meint Denver, der plötzlich wieder neben mir steht, und ich zucke zusammen. Allein bei der Vorstellung wird mir schwindelig.

»Oh, das ist eine tolle Idee«, stimmt Shel fröhlich zu, und ich unterdrücke den Drang, mit dem Fuß aufzustampfen, wie Ly es tut, wenn sie ihren Willen nicht bekommt. »Du gehst nie aus. Es wäre gut für dich.«

Wie konnte ich glauben, dass meine Familie Ablenkung bieten und einen Puffer zwischen Denver und mir darstellen würde? Bisher haben sie mein aktuelles Problem nur verschlimmert.

»Ich ...« Mist, ich presse die Lippen zusammen und versuche, mit einer genialen Ausrede aufzuwarten, aber mein Kopf ist wie leergefegt. Ly wird nicht zu Hause sein und ich muss morgen nicht arbeiten. »Also schön«, sage ich, und Denver schenkt mir ein attraktives Lächeln. Am liebsten würde ich ihm das Grinsen aus seinem unverschämt gutaussehenden Gesicht fegen, aber ich halte mich zurück ... obwohl es mich richtig in den Fingern juckt.

»Mommy, darf ich mein Geschenk von Grandma und Grandpa auspacken?«, will Ly wissen, und als ich mich zur ihr umdrehe, sehe ich sie mit einer Geschenktüte, die fast so groß ist wie sie selbst. Wie mir diese vorhin entgehen konnte, ist mir ein Rätsel, aber Shel muss sie gehalten haben, als sie alle vorhin angekommen sind.

»Wenn sie einverstanden sind.«

»Darf ich? Bitte?« Sie springt auf und ab und wirft ihren Großeltern einen flehenden Blick zu.

»Nur zu«, sagt Dad und gesellt sich zu ihr. Ly gibt einen begeisterten Laut von sich, lässt die Tüte auf den Boden fallen und wirft das Seidenpapier darin schwungvoll zur Seite.

»Danke.« Sobald sie den Inhalt der Tüte gesehen hat – ein neues Puppenhaus und zwei Kinderpuppen –, verfällt sie in einen Freudentanz. Ich sammle das Papier und die Kartons auf und bringe die Sachen ins Wohnzimmer zum Rest ihrer neuen Spielsachen. Pen bleibt bei ihr und verspricht, auf sie aufzupassen, während ich das Essen und die Getränke bereitstelle.

Mit Shel, Dad und Denvers Hilfe sind wir gerade fertig, als die anderen Gäste eintrudeln. Danach bin ich so beschäftigt, dass keine Zeit bleibt, um über das bevorstehende Gespräch mit Denver nachzudenken. Genauso wenig kann ich über die Tatsache grübeln, dass ich heute Abend mit ihm in eine Bar gehe, was der Definition eines Dates verdammt nahe kommt. Nicht zu vergessen, dass nächste Woche auch noch eine Verabredung mit Mike ansteht.

Wann zum Teufel ist mein Leben so kompliziert geworden?

Als ich gegen halb sechs die Torte aus der Küche holen will, klingelt es an der Tür. Ich will schon hingehen, als

Shel mich zurückwinkt, um das selbst zu übernehmen. Wenig später kommt sie mit zwei weiteren Besuchern im Schlepptau ins Esszimmer, und mir dreht sich der Magen um. Gabes Eltern zählen nicht zu meinen Lieblingsmenschen, aber sie sind Lys Großeltern und eine weitere Verbindung zu dem Vater, den mein Mädchen nie persönlich kennenlernen wird. So schwer es mir fällt, in der Nähe der beiden zu sein, versuche ich, meine Gefühle für sie Ly zuliebe beiseitezuschieben.

»Hallo, Pauline.« Ich schenke Gabes Mutter ein Lächeln, bevor ich mit demselben Gesichtsausdruck zu ihrem Mann schaue. »Jack, schön, dass ihr beide kommen konntet.«

Ich umarme keinen von beiden. Ich habe früh gelernt, dass sie nicht zu den Leuten gehören, die Wert auf Zuneigungsbekundungen legen. Eine Eigenschaft, die Gabe leider mit ihnen teilte. Er war nicht der Typ, um mich ohne Grund zu küssen, und ich kann an beiden Händen abzählen, wie oft er diese gehalten hat ... Ich kam damit zurecht, denn ich wusste, dass er mich liebte. Was er mir in vielerlei Hinsicht zeigte, und zwar jeden Tag, an dem er lebte. Ich frage mich oft, wie er mit Ly gewesen wäre. Ob er sich ihr gegenüber anders verhalten hätte, da sie sehr anhänglich ist. Sie hatte nie Probleme damit, ihre Liebsten zu umarmen oder ihnen ein Küsschen zu geben – obwohl ich mich nicht erinnern kann, dass sie jemals Gabes Eltern umarmt hat. Nicht, dass ihre Ausstrahlung einen dazu verleiten würde.

»Aubrey«, sagt Jack, während sein Blick durch den mit Freunden und Familie gefüllten Raum schweift.

»Wo ist Lyra?«, will Pauline wissen, die sich ebenfalls umsieht.

»Meine Schwester hat sie auf ihr Zimmer gebracht, um ihr zu helfen, das Kleid anzuziehen, das ihr Joe zum Geburtstag mitgebracht hat. Sie sollte in ein paar Minuten wieder unten sein«, antworte ich. »Es gibt jede Menge zu essen. Fühlt euch bitte wie zu Hause.«

Sie reagieren nicht auf meine Worte. Sie greifen auch nicht nach Tellern, um wie die anderen zu essen. Stattdessen stellen sie sich in eine leere Ecke und lehnen sich an die Wand.

Da ich nichts tun kann, damit sie sich willkommen fühlen, lasse ich sie und die anderen im Esszimmer zurück und gehe in die Küche. Nachdem ich die Kerzen auf die Torte platziert habe, nehme ich sie hoch und schnappe mir eine Streichholzschachtel sowie die Geschenke, die ich für mein Mädchen besorgt habe.

Bevor ich die Küchentür erreiche, taucht Denver auf und versetzt mich sofort in Alarmbereitschaft.

»Lass mich dir helfen.« Er nimmt mir die Torte ab und verschwindet ohne ein weiteres Wort in Richtung Esszimmer. Ich folge ihm, und als ich Pen rufen höre, dass sie und Ly nach unten kommen, zünde ich die Kerzen an. Shel schaltet das Licht aus. Sobald Ly in der Tür steht, in ein rosa T-Shirt mit ihrem Namen in Glitzerschrift und einen bauschigen Rock gekleidet, singen wir *Happy Birthday* für sie, was ihr Gesicht vor Freude erstrahlen lässt. Tränen brennen in meiner Kehle, und ich kämpfe dagegen an. In Zeiten wie diesen vermisse ich Gabe am meisten. Die Feiertage ohne ihn zu erleben, wurde mit den

Jahren einfacher, wenn ich jedoch daran denke, dass Ly Momente wie diesen nicht mit ihrem Vater verbringen kann, wallt Schmerz in mir auf. Als das Lied zu Ende ist, bläst Ly die Kerzen aus und stibitzt sich einen Finger voll Zuckerglasur. Dabei grinst sie von einem Ohr bis zum anderen.

»Darf ich jetzt meine Geschenke auspacken?«, fragt sie und wippt auf den Zehenspitzen, während sie den Stapel an Tüten und bunten Verpackungen an der Wand betrachtet.

»Klar, Liebes.« Ich küsse sie auf die Seite ihres Kopfes und schnappe mir von Shel meine Kamera, um ein paar Fotos zu machen. Als Lyra alles ausgepackt und sich bei jedem bedankt hat, löst sich die Party langsam auf und ich beginne mit dem Aufräumen. Während ich die leeren Teller und Tassen einsammle, kommt Pauline ins Esszimmer, um mir zu helfen – was mich schockiert. Dann macht sie den Mund auf, und mir wird klar, dass sie nicht aus reiner Freundlichkeit hier ist.

»Wir würden Lyra diesen Sommer wirklich gerne zwei Wochen nach Nevada mitnehmen«, sagt sie, und ein seltsames Gefühl breitet sich in meinem Innern aus. »Meine Mutter ist krank, und ich habe Angst, dass sie ihre Urgroßmutter nie kennenlernen wird, wenn sie es nicht jetzt tut.«

»Ich weiß nicht ...«, gebe ich zurück und schüttle den Kopf. Mir gefällt der Gedanke nicht, eine Nacht lang von meinem Baby getrennt zu sein, geschweige denn eine Woche. Seit Lyras Geburt war sie nur selten über Nacht weg; und wenn, dann war sie gleich nebenan bei meinen

Eltern.

»Sie sollte die Familie ihres Vaters kennenlernen. Gabe hätte das gewollt. Ihn hätte es gefreut, wenn sie seine Großeltern und den Rest seiner Familie trifft.«

Schuldgefühle setzen sich in meiner Magengrube fest und ich frage mich, ob sie damit recht hat. Gabe hat nie wirklich über seine Familie gesprochen, abgesehen von seinen Eltern, und ich würde nicht behaupten, dass er eine enge Bindung zu seinen Eltern hatte. Ihre Beziehung zueinander war seltsam und ich habe sie nie richtig verstanden.

»Ich muss darüber nachdenken.« Nicht wirklich, aber ich fühle mich in die Enge getrieben und würde dieses Gespräch lieber ein anderes Mal führen, wenn ich nicht von so vielen Leuten umgeben bin.

»Wir gehören genauso zu ihrer Familie, Aubrey. Auch wenn Gabe nicht mehr hier ist, sollten wir immer noch ein Teil ihres Lebens sein.« Ihre Worte bereiten mir Bauchschmerzen.

»Ich weiß, Pauline. Wie gesagt, ich werde darüber nachdenken. Ich bin nur nicht sicher, da Ly noch jung ist und wir in den letzten vier Jahren nie länger als eine Nacht getrennt waren«, erkläre ich leise.

»Hast du sie gefragt?«, mischt sich Jack ein, der in diesem Moment das Esszimmer betritt.

»Das habe ich. Sie wird darüber nachdenken«, antwortet Pauline.

»Gut.« Er nickt mir anerkennend zu. »Sagen wir Lyra auf Wiedersehen und machen uns auf den Weg.«

»Natürlich.« Sie reicht mir den Stapel Pappbecher, den

sie zusammengesammelt hat. »Lass mich wissen, wie du dich entscheidest. Am besten in den nächsten Wochen, damit ich unsere Tickets rechtzeitig buchen kann.«

»Ich gebe dir Bescheid«, stimme ich zu, und sie nickt und folgt ihrem Mann nach draußen. Ich gehe in den Flur und beobachte, wie sie sich von Ly verabschieden. Als mir auffällt, wie viel Kraft es mein Mädchen zu kosten scheint, ihre Großeltern nicht wie ihre anderen Gäste zum Abschied zu umarmen, legt sich ein schweres Gewicht auf meine Brust.

»Worum ging es da?«, fragt Shel, als die beiden weg sind und sie sich zu mir gesellt.

»Sie wollen Ly diesen Sommer für zwei Wochen zu ihrer Familie nach Nevada mitnehmen.«

»Für zwei ganze Wochen? Sie haben sie noch nicht einmal über Nacht bei sich gehabt.«

»Ich weiß.« Ich stoße einen Seufzer aus.

»Was hast du ihnen gesagt?«

»Dass ich darüber nachdenken werde. Ich will sie nicht gehen lassen, aber ich fühle mich schuldig. Ich möchte Ly nicht von Gabes Familie fernhalten. Sie soll mich nicht in ein paar Jahren dafür hassen, dass ich ihr den Kontakt zu ihnen nicht erlaubt habe.«

»Schatz, du musst nichts tun, womit du dich nicht wohlfühlst. Lyra ist jung, in meinen Augen noch ein Baby. Sie sollte hier bei dir sein.«

Ich nicke zustimmend. »Am schlimmsten ist, dass sie nicht gleich morgen fliegen wollen, sondern die Reise noch eine Weile hin ist. Ich soll in der Zwischenzeit darüber nachdenken, aber meine Entscheidung wird sich nicht ändern. Ich hoffe nur, dass sie für mein Nein Verständnis haben werden.«

»Du weißt, dass dein Vater und ich hier sind. Wir können mit dir gehen, wenn du das möchtest. Vielleicht können wir ihnen erklären, warum momentan nicht der geeignete Zeitpunkt für eine solche Trennung ist.«

»Danke, Shel.«

»Jederzeit.« Sie umarmt mich. »Ich hole Lys Tasche und bringe sie rüber zu uns. Viel Spaß heute Abend mit Denver.«

»Shel ...«, warne ich sie.

Ihr Blick wird sanfter. Sie streckt die Hand nach mir aus und legt sie an meine Wange. »Habt einfach Spaß.«

»Sicher«, murmle ich, und sie schenkt mir ein Lächeln. Ich verabschiede mich bei unseren Familien, und als alle weg sind, gehe ich in die Küche. Dort lege ich mir eine Ausrede parat, warum ich heute Abend nicht ausgehen kann. Ich hoffe nur, dass mein Plan funktioniert.

4. Kapitel

Denver

»Wie lange brauchst du, um dich fertig zu machen?«

Auf meine Frage hin schaut Bre von der Arbeitsplatte auf, die sie seit einer Viertelstunde mit einem Lappen blitzblank wischt. Was, nebenbei bemerkt, Shel und meine Mom bereits getan hatten, bevor sie sich auf den Weg hinüber zu Bres Eltern gemacht haben, um alle zusammen einen Film zu gucken.

»Ich fühle mich nicht so gut. Ich habe Kopfschmerzen.«

»Hast du etwas genommen?«

Sie leckt sich über die Lippen. »Äh ... nein. So schlimm ist es nicht.« Sie dreht mir den Rücken zu und beginnt, das Waschbecken auf Hochglanz zu polieren. »Du kannst gehen. Ich werde wahrscheinlich nur noch duschen und mich hinlegen.«

»Du redest völligen Mist«, sage ich, und sie sieht mich über ihre Schulter hinweg an.

»Wie bitte?«

»Du hast keine Kopfschmerzen. Das ist ein Vorwand, um mir wieder mal aus dem Weg zu gehen.«

»Das ist nicht wahr«, entgegnet sie, was eindeutig eine Lüge ist. Ich weiß das, weil sie beim Schwindeln immer den Kopf ein wenig nach rechts neigt. Seit ich sie kenne, tut sie das.

»Doch ist es.«

»Okay, vielleicht will ich einfach nicht ausgehen.«

»Das ist in Ordnung.« Ich zucke mit den Schultern, und Erleichterung füllt ihren Blick. »Es macht mir nichts aus, zu Hause zu bleiben. Wir können hier reden.«

»Dreißig Minuten.«

»Was?«

Sie wirft den Schwamm in ihrer Hand in das Spülbecken und eilt an mir vorbei. Im Flur hält sie inne und schenkt mir noch mal ihre Aufmerksamkeit. »Ich bin in dreißig Minuten fertig.«

»Klar.« Ich grinse sie an, und sie stößt genervt den Atem aus, bevor sie auf eine Weise in ihr Schlafzimmer geht, die mich stark an Lyra erinnert. Ich kann nicht anders, als zu lachen.

Während sie das tut, was Frauen tun, um sich für einen Drink in einer Bar zurecht zu machen, warte ich im Wohnzimmer auf sie und schaue aus dem Fenster. Meine Gedanken driften zur Party ab.

Alle, die eingeladen waren, sind vorbeigekommen, und Bre amüsierte sich prächtig ... bis Gabes Eltern aufgetaucht sind. Ich weiß, dass sich Bre seit Gabes Tod bemüht, die beiden an Lyras Leben teilhaben zu lassen. Sie sind an allen Feiertagen und Geburtstagen willkommen, auch wenn sie die Einladung nicht immer annehmen, was wahrscheinlich gut ist. Kaum dass die zwei hier waren, ist Bres Stimmung gekippt. Ihr Lächeln blieb aufrecht, aber ich konnte in ihren Augen erkennen, dass sie sich unwohl fühlte.

Womit sie nicht die Einzige war. Gabes Eltern unterhielten sich mit niemandem und unternahmen auch keinen Versuch, sich in die Partygesellschaft zu integrieren. Sie harrten einfach in der Ecke aus und redeten miteinander. Einzig allein dem Geburtstagskind schenkten sie ihre Aufmerksamkeit, allerdings war das von kurzer Dauer. Lyra hatte viel Spielzeug und viele Freunde da, mit denen sie spielen und feiern wollte. Ich kann nicht behaupten, dass mich das Verhalten von Gabes Eltern überrascht hätte. Seit sie in die Stadt gezogen sind, bleiben sie meist für sich. Niemand weiß viel über sie, was sie nie zu ändern versucht haben.

»Fertig.« Bres Stimme holt mich aus meinen Gedanken, und ich drehe mich zu ihr um. Bei ihrem Anblick wird mir der Mund trocken. Ihr langes, dunkles Haar fällt nach unten und umrahmt ihr hübsches Gesicht. Sie trägt gerade genug Make-up, um ihre Augen zu betonen und ihre Lippen zum Glänzen zu bringen. Sowohl ihr Top als auch ihre Jeans schmiegen sich eng an ihre Kurven, und die hochhackigen Stiefel lassen ihre Beine verdammt lang aussehen. Herrgott, sie ist atemberaubend schön, ohne es zu versuchen.

Ich lasse meinen Blick an ihrem Körper hinaufwandern, bis ich dem ihren begegne. »Du siehst wunderschön aus.«

»Stopp«, fordert sie und hebt abwehrend die Hand.

Ich kann ein Stirnrunzeln nicht vermeiden. »Womit soll ich aufhören?«

»Damit, dich so seltsam zu benehmen. Es fängt an, mir Angst zu machen. So wie heute hast du noch nie mit mir geredet. Niemals. Du hast mich definitiv noch nie geküsst, und jetzt dieses Kompliment? Das ist zu viel.«

»Weißt du, wie oft ich dir im Laufe der Jahre sagen wollte, wie schön du bist? Wie oft ich dich berühren wollte? Dich küssen und für mich beanspruchen?«

»Denver.«

»Ich werde nicht aufhören, Bre. Nie, selbst wenn ich bekomme, was ich will.«

»Siehst du, du machst mir schon wieder Angst!«, ruft sie und breitet die Arme aus.

»Wovor fürchtest du dich?« Ich gehe einen Schritt auf sie zu.

Sie weicht zurück und schüttelt den Kopf. »Vor nichts.«

»Doch, irgendetwas ist da. Aus irgendeinem Grund gehst du ständig vor mir in Deckung. Warum ist das so?«

»Das ist es nicht. Ich habe nur ... Wir haben nur ... Ich verstehe einfach nicht, welches Spiel du spielst. Keine Ahnung, welches Ziel du momentan verfolgst oder warum du dich plötzlich so verhältst.«

»Ich spiele kein Spiel. Und warum ich mich erst jetzt so verhalte? Ich glaube, das habe ich dir schon gesagt. Vorher warst du nicht bereit für das, was ich wollte. Jetzt sieht die Sache anders aus.«

»Was du wolltest?«, flüstert sie.

»Was ich will.« Ich trete näher an sie heran und senke meine Stimme. »Das warst schon immer du.« Unsere Blicke treffen sich, während ich den Arm um ihre Taille lege. »Du bist die einzige Frau, die ich je wollte.«

Ich spüre, wie sich ihr Körper unter meiner Berührung

anspannt, bevor sie sich ruckartig entfernt. »Lügner«, entgegnet sie und ihre Augen füllen sich mit Zorn. »Mach, was du willst, nur lüg mich nicht an.«

Ich ziehe verwirrt die Brauen zusammen. »Das tue ich nicht.«

»Sicher.« Sie stößt mit einer Hand gegen meine Brust und funkelt mich an. »Und wie du das tust.«

»Wovon zum Teufel redest du?«

Auf meine Frage hin wird ihr Gesicht blass und sie wendet den Blick ab. »Nichts, lass uns einfach gehen.«

Sie will zur Tür, aber ich stelle mich ihr in den Weg. »Zuerst sagst du mir, warum du mich einen Lügner nennst.«

»Nein.« Sie sieht mich nicht an. »Nein. Entweder wir gehen jetzt oder wir lassen es bleiben.«

Ich spanne den Kiefer an. Am liebsten würde ich von ihr verlangen, dass sie sich mir öffnet, wenn ich sie jedoch zu sehr dränge, verschließt sie sich und ich verliere meine Chance.

»Wie du willst.« Ich öffne die Haustür, und sie tritt mit mir auf die Veranda, dann schließt sie die Tür ab. Auf der Treppe lege ich die Hand auf ihren Rücken und führe sie zur Beifahrerseite meines Wagens, um ihr beim Einsteigen zu helfen. Dann setze ich mich hinter das Lenkrad und fahre uns zum Hafen. Keiner von uns sagt ein Wort und unser Schweigen folgt uns bis in die Bar. Die anderen Gäste mustern uns, und obwohl ich eine Million Fragen in ihren Gesichtern lese, bleibe ich nicht stehen. Mehr als ein knappes Nicken kann ich ihnen im Moment nicht anbieten.

»Geht es dir gut?«, frage ich Bre, nachdem sie an einem Vierertisch im hinteren Teil der Bar Platz genommen hat.

»Ja«, antwortet sie, doch an der Haltung ihrer Schultern erkenne ich, dass sie sich unwohl fühlt. Ich bezweifle, dass sie je eine der Bars in der Stadt besucht hat. Verdammt, ich kann mich nicht erinnern, dass sie in der Highschool je zu einer der Partys gekommen ist. Mit Ausnahme jener, zu der ich sie eingeladen hatte. Die Party, bei der ich ihr zum ersten Mal zeigen wollte, was ich für sie empfinde.

»Was möchtest du trinken? Bier, Wein, oder etwas anderes?«, erkundige ich mich und hänge meine Jacke über meinen Stuhl.

Sie zieht auf niedliche Weise die Nase kraus. »Wasser.«

Ich lächle. »Babe, wir sind in einer Bar, und du musst morgen nicht arbeiten. Ein Drink ist völlig okay.«

»Bier schmeckt eklig, und Wein ist nicht viel besser. Ein Wasser wäre mir lieber.«

»Was ist mit einem Cocktail?«

»Habe ich noch nie probiert. Ich bin keine große Trinkerin.« Sie streift ihre Jacke ab.

»Also schön, ich bestelle dir ein Wasser und etwas anderes. Wenn du es nicht magst, brauchst du es nicht zu trinken.«

»Wie du meinst.« Sie zuckt mit den Schultern.

»Bin gleich wieder da.« Ich gehe auf die Bar zu, und Andy, ein alter Freund und der Barkeeper hier, hebt zur Begrüßung das Kinn.

»Was darf ich dir bringen?«

»Bier, Wasser und einen Moscow Mule, wenn du so

einen hinbekommst.«

»Ich habe nicht diese schicken Kupferbecher, aber das Zeug, um den Drink zu mixen. Reicht dir das?«

»Völlig.«

»Gut.« Er greift nach einem Bier, öffnet es und stellt es vor mich hin. »Wie ich sehe, bist du mit Aubrey hier.« Mit einem Nicken in die Richtung unseres Tisches holt er eine Flasche Wodka aus dem obersten Regal.

»Ja«, erwidere ich knapp.

»Sie wirkt, als würde sie jeden Moment die Beine in die Hand nehmen«, bemerkt er, und ich sehe, dass sie mit der Tür liebäugelt. Ich muss lächeln, allerdings ist meine Freude von kurzer Dauer. Ein Mann geht auf Bre zu, die aufsteht und ihn mit einer Umarmung begrüßt. Eifersucht jagt durch meinen Körper, in ihrer reinsten und hässlichsten Form. »Eine hübsche Frau. Das war sie schon immer. Wahrscheinlich ist es gut, dass sie nicht oft herkommt. Stell dir nur vor, wie beschäftigt du dann wärst, um all die notgeilen Kerle von ihr fernzuhalten.«

»Halt die Klappe.« Ich höre Andy lachen, während ich die Getränke von der Theke nehme und zum Tisch gehe, wo der Typ gerade über etwas lacht, das Bre gesagt hat.

Als ich bei ihnen ankomme, fällt Bres Blick auf mich. Ihre Augen werden groß und sie schluckt. »Hier, Baby.« Ich reiche ihr den Drink, dann betrachte ich den Kerl. Ich kenne ihn nicht, aber das ist Mike, mit dem sie nächste Woche ausgehen sollte, da bin ich sicher. »Was gibt es, Mann?« Ich strecke ihm die Hand entgegen. »Denver. Und du bist?«

»Mike.« Er schüttelt mir die Hand, während sein Blick

zwischen Bre und mir hin und her wandert.

Ein Teil von mir würde ihm gern die Finger brechen, aber ich reiße mich zusammen. Stattdessen lege ich einen Arm um Bres Schultern. Auch wenn noch nicht alles zwischen uns im Reinen ist, war es keine Lüge, als ich zu Mom sagte, dass ich mir Aubrey nicht noch einmal wegnehmen lasse. Sie gehört mir. Noch leugnet sie diese Tatsache, also werde ich um sie kämpfen, bis sie mir endlich erlaubt, sie mein zu nennen.

Ich nehme einen Schluck von meinem Bier. »Woher kennt ihr beiden euch?«

»Mike kommt manchmal zum Tanken«, antwortet Bre und versucht, sich von mir wegzulehnen. Was ich nicht zulasse. Schließlich gibt sie auf, ihr Körper noch verspannt.

»Wohnst du hier in der Nähe, Mike?«

»Nein, im Sommer lebe ich in Yakutat, über den Winter in Vegas«, murmelt er und Irritation macht sich auf seiner Miene breit, als ich mit einer von Bres Haarsträhnen spiele, sie wieder und wieder um meinen Finger wickle.

»Gefällt dir Vegas?«

»Es ist schön.« Seine Bewegungen werden unbehaglich und er linst zur Tür. »Ich gehe dann mal. War nett, dich kennenzulernen.« Sein Blick fällt auf Bre und wird sanfter. »Ruf mich an.« Dann ist er endlich weg.

»Diesen Mist kann man kaum glauben«, brumme ich, und Bre wirbelt zu mir herum, sodass ihre Haare mein Gesicht streifen.

»Ernsthaft?«, sagt sie und starrt mich finster an.

»Ernsthaft was?«

»Was sollte das?«, will sie wissen und klingt eingeschnappt.

»Mit dem Kerl wolltest du ausgehen?« Ihre Augen verengen sich und sie lehnt sich wieder weg. Diesmal gebe ich sie frei, aber nur kurz. Ich umfasse ihren Nacken und ziehe sie zurück, bis sich unsere Nasenspitzen beinahe berühren. »Ich glaube, wir müssen dieses Gespräch führen.«

»Nein, das tun wir nicht. Und überhaupt hast du mir nicht vorzuschreiben, mit wem ich mich verabrede und mit wem nicht.«

»Baby, da liegst du verdammt falsch. Nicht, dass es in diesem Fall von Bedeutung wäre, da du sowieso nicht mit ihm ausgehen willst.« Ich bringe etwas Abstand zwischen uns und nehme einen Schluck von meinem Bier.

»Was redest du da? Würde ich nicht mit ihm ausgehen wollen, hätte ich einem Date nicht zugestimmt. Das habe ich aber.«

»Lüg dich nicht selbst an, Sweetheart. Du hast nur zugestimmt, weil er keine Bedrohung für diese verdammt hohen Mauern darstellt, die du um dich herum aufgebaut hast.«

»Du glaubst, du weißt alles, nicht wahr?«, entgegnet sie wütend.

»Nein, aber ich kenne dich. Ich sehe, dass du kein Interesse an ihm hast.«

»Was auch immer.« Sie schaut weg, nimmt ihr Getränk und nippt daran. Ihre Reaktion zeigt deutlich, dass ich recht habe und sie das weiß.

Als sie das Glas nicht absetzt, verkneife ich mir ein

Lächeln. »Gut?«

»Nicht schlecht«, murrt sie, und ich muss lachen. Sie schnaubt.

»Sieh mich an, Bre«, sage ich leise, und auch wenn sie sich erst ziert, begegnet sie meinem Blick. »Lass uns einfach etwas Spaß haben. Shel hat recht, du kannst einen Ausgehabend gut vertragen.«

»Wenn du nicht wieder damit anfängst, dass wir reden müssen, kann ich vielleicht versuchen, mich zu amüsieren«, erwidert sie frech.

Ich nicke. »In Ordnung.«

»Okay.« Erneut nimmt sie einen Schluck von ihrem Drink, während sie die zwei Billardtische im hinteren Bereich des Lokals neugierig betrachtet.

»Kannst du Billard spielen?«

»Früher mal. Das ist schon eine Ewigkeit her.«

»Es ist wie Fahrradfahren. Sobald du den Queue in der Hand hast, funktioniert es wie von selbst.« Ich stehe auf und ziehe sie mit mir hoch. Dann begeben wir uns mit unseren Getränken in den hinteren Bereich, wo ich den freien Billardtisch für ein Spiel vorbereite. Ich überlasse ihr den Anstoß, und als sie dabei zwei Kugeln einlocht, weiß ich nicht, was heißer ist: ihr Hintern, wenn sie sich über den Tisch beugt, oder das Gewinnergrinsen, mit dem sie mich jetzt bedenkt.

Ich gehe um den Tisch herum zu ihr, damit ich ihr das Lächeln aus dem Gesicht küssen kann, als jemand meinen Namen ruft. Ich schaue zur anderen Seite des Raumes und entdecke Scott, einen Freund von mir. Er hat einen Arm um eine Frau geschlungen, die ich hier in der Stadt noch nie gesehen habe. Was nicht viel heißt, da Scott selbst kein Einheimischer ist. Wie viele andere ist auch er nur für die Saison hier. Ich habe ihn vor ein paar Jahren kennengelernt, als er an meinem Boot arbeitete. Er ist einer der besten Mechaniker in der Gegend und während des Sommers sehr gefragt.

»Wie geht es dir?« Ich schüttle ihm die Hand, und er schenkt mir ein Lächeln, bevor er zu der Frau an seiner Seite hinunterschaut.

»Meine Frau ist für ein paar Tage hier, also gut. Babe, das ist Denver. Denver, meine Frau Steph.«

»Schön, dich kennenzulernen.« Ich nicke ihr zur Begrüßung zu, dann greife ich nach Bres Hand, bevor sie an unseren Tisch oder zur Toilette flüchten kann. »Das ist Aubrey. Bre, das sind Scott und seine Frau Steph. Scott war es, der letztes Jahr meinen Motor überholt hat.«

»Schön, euch beide kennenzulernen.« Sie neigt leicht den Kopf, und ich drücke beruhigend ihre Finger, bevor ich den Arm um ihre Schultern lege. Anders als erwartet, nimmt sie die Geste widerstandlos an. Außerdem schmiegt sie ihren Körper an meinen, als wäre ich ihr Schutzschild.

»Macht es euch etwas aus, wenn wir uns dazugesellen?«, fragt Scott und schaut zwischen Bre und mir hin und her. Ich will *ja* sagen, aber Bre muss aus ihrem Schneckenhaus rauskommen und begreifen, dass die Welt um sie herum nicht so beängstigend ist, wie sie denkt. Ich liebe ihre Schüchternheit; das ist eines der Dinge, die mich von Anfang an zu ihr hingezogen haben. Ich wollte sie beschützen und ihr zeigen, dass es in Ordnung ist, sich zu öffnen und Spaß zu haben. Sie ist nicht nur süß, sondern auch witzig, wenn sie mal aus ihrer Deckung geht. Um das zu erleben, muss man etwas Geduld mitbringen, da sie mit Fremden erst warm werden muss. Viele Leute werden von ihrer zurückhaltenden Art und ihrem Aussehen abgeschreckt. Sie halten sie für einen Snob, obwohl das nicht weiter von der Realität entfernt sein könnte.

»Ist das okay für dich?«, wende ich mich an Bre und schaue ihr in die Augen.

»Klar.« Sie lächelt, damit kann sie die Nervosität in ihrem Blick allerdings nicht überspielen.

»Super, ich lege auf.« Scott küsst seine Frau auf den Kopf, bevor er sich dem Billardtisch neben uns widmet.

Ich drücke Bres Schulter, um ihre Aufmerksamkeit zu erregen. Als sie zu mir aufsieht, senke ich die Stimme. »Kommst du hier mit Steph klar?«

»Ja.«

»Ich bin keine zwei Schritte entfernt«, erinnere ich sie und sie nickt zustimmend.

»Okay.«

Ich möchte meinen Mund auf ihren senken, stattdessen berühre ich mit den Fingern ihr Kinn und lasse meinen Daumen über ihre Unterlippe gleiten. Dann gebe ich sie frei und trete näher an den Tisch heran, wo Scott bereits am Vorbereiten unseres Spiels ist. Allzu weit entferne ich mich nicht von Bre, für den Fall, dass sie doch das Weite sucht.

»Ich liebe deine Stiefel«, höre ich Steph sagen und sehe, wie Bre bei diesem Kompliment zusammenzuckt.

»Danke. Deine Jacke gefällt mir auch sehr gut«, antwortet sie sanft.

»Danke, ich habe sie vor ein paar Jahren in Oregon gekauft. Woher hast du die Stiefel? Ich muss mir ein Paar besorgen.«

»Anchorage, aber das ist etwa fünf Jahre her. Ich bezweifle, dass *Macy's* sie noch hat«, erwidert Bre.

»Schade.« Steph lacht, und Bre schließt sich ihr an. Bei diesem Geräusch weiß ich, dass sie klarkommt, also gehe ich auf die andere Seite des Tisches, wo Scott gerade einen Billardqueue aussucht. Ich nehme wieder meinen von vorhin, als Scott das Wort ergreift.

»Ist sie die Aubrey, von der du immer sprichst? Lyras Mom?«, fragt er leise.

»Genau die.«

»Ich verstehe, warum du diese Stadt in den letzten Jahren nicht verlassen wolltest.« Er grinst, und ich zucke mit den Schultern.

Es ist wahr. Ich bin wegen ihr und Lyra hiergeblieben. Dieses kleine Mädchen hat mein Herz erobert. Als ich sie kurz nach ihrer Geburt im Krankenhaus in meinen Armen hielt, wusste ich, dass ich alles in meiner Macht Stehende tun würde, um sie zu beschützen und für sie da zu sein. Es war nicht immer einfach. Auch weil das Leben, das ich mir mit den beiden wünsche, so nah und doch verdammt weit weg anfühlt. Ich möchte, dass wir eine Familie sind – Bre, Lyra und ich. Ich bin überzeugt davon, dass sich das Warten am Ende lohnen wird, und das lässt mich durchhalten.

Als ich Bre lachen höre, werfe ich einen Blick über meine Schulter. Sie scheint es zu spüren, denn ihre

Aufmerksamkeit fällt auf mich und ihre Wangen färben sich rot. Ja, am Ende werde ich bekommen, was ich will, und ich werde Bre geben, was sie braucht. Zwischen uns besteht seit jeher eine unbestreitbare Verbindung.

Meine Mutter hat mir immer gesagt, dass ich es wissen würde, wenn ich das Mädchen finde, mit dem ich mein Leben verbringen möchte. Schon als Teenager wusste ich, dass Bre die Eine für mich ist, und das hat sich über die Jahre nicht geändert. Deshalb bin ich nie eine ernsthafte Beziehung mit einer anderen Frau eingegangen, denn keine von ihnen war Aubrey.

Ich habe bis heute keine Ahnung, warum Bre mit Gabe zusammenkam. Was ich aus Gesprächen zwischen meiner Mutter und Shel weiß, ist, dass Gabe für Bre Sicherheit bedeutete. Er hat sie nicht dazu gedrängt, neue Dinge auszuprobieren, er war keine Bedrohung für die Mauern, die sie um sich herum hochgezogen hat. Keine Herausforderung, null Risiko, ohne jeden Grund, sich seinen Ängsten zu stellen. Gabe und ich könnten nicht verschiedener sein. Welchen Sinn hat das Leben, wenn man es nicht lebt? Wenn man seine Grenzen nicht neu auslotet und auch mal ein Risiko eingeht, um sein Leben nach seinen eigenen Vorstellungen zu gestalten. Ich habe mich immer bemüht, diesem Vorsatz zu folgen.

»Wie hieß das Getränk, das du mir besorgt hast?«, fragt Bre an meiner Seite, und ich schaue auf das nun leere Glas in ihrer Hand.

»Es hat dir also geschmeckt?«

»Es war trinkbar.« Sie zuckt mit den Schultern.

»Es hat dir geschmeckt.« Ich lächle.

»Was auch immer.« Sie verdreht die Augen.

»Ein Moscow Mule.«

»Oh! Ich will auch so einen.« Steph schlingt den Arm um Bre. »Oder ich hole mir einen Lemon Drop, sofern es den hier gibt.«

»Ein Lemon Drop?«, hakt Bre nach.

»Oh, Liebes, den musst du unbedingt probieren«, sagt Steph und führt Bre zur Bar.

»Andy!« rufe ich, und er dreht sich zu mir um und hebt sein Kinn. »Setz ihre Drinks auf meine Rechnung.«

»Verstanden, Mann«, erwidert er und widmet sich Bre und Steph, sobald diese bei ihm ankommen.

»Ich glaube, ich siebe dich«, sagt Bre und rümpft die Nase. »Siebe dich.« Sie schüttelt den Kopf. »Ich liebe dich«, korrigiert sie sich selbst und lächelt, als sie das Wort richtig ausgesprochen hat. Dann bettet sie den Kopf an Stephs Schulter und senkt die Lider.

»Ich liebe dich auch. Du bist meine neue beste Freundin auf der ganzen Welt.« Steph lehnt ihren Kopf an Bres und schließt ebenfalls lächelnd die Augen.

Amüsiert schaue ich zu Scott. Unsere Frauen haben beide einen ordentlichen Schwips. Da ich Bre noch nie trinken gesehen habe, überrascht es mich nicht, dass zwei Moscow Mules und drei Lemon Drops sie umgehauen haben. Ihr betrunkenes Ich ist hinreißend, und ich muss sagen, dass Trinken ein guter Weg ist, sie aus ihrem Schneckenhaus zu holen. Ich habe sie noch nie so viel reden hören.

Sie unterhielt sich wahllos mit fast allen Leuten in der Bar, und mehr als einmal musste ich sie retten, wenn sie sich an einen Tisch setzte und zu plaudern begann. Den Männern hat sie verdammt gut gefallen. Bei den Frauen löste sie eher gemischte Gefühle aus. Vor allem, wenn sie deren Männer in eine Unterhaltung einspannte. Sie hat nicht geflirtet. Ich glaube nicht, dass sie überhaupt weiß, wie das geht. Nicht, dass sie das müsste, um die Aufmerksamkeit der anderen auf sich zu ziehen. Ihre offene und gesprächige Art ist einnehmend genug, und es ist entzückend, wenn sie plötzlich von Dingen wie Benzin und Bären zu reden beginnt, mit rosagefärbten Wangen und einem Funkeln in den Augen.

»Ich glaube, ich sollte meine Frau nach Hause bringen, bevor ich sie heimtragen muss«, sagt Scott, trinkt sein Bier leer und steht auf.

Steph öffnet die Augen und blinzelt ihn an. »So betrunken bin ich nicht.«

»Babe, du bist völlig hinüber.« Er grinst sie an.

»Bin ich nicht.« Sie erhebt sich und stolpert, was sie zum Lachen bringt. »Okay, vielleicht bin ich ein bisschen betrunken«, gibt sie zu. »Kannst du mich Huckepack zum Hotel bringen?«

»Du könntest dich nicht auf den Beinen halten, wenn dein Leben davon abhinge.«

»Könnte ich wohl.« Sie stemmt die Hände in die Hüften. Er schüttelt den Kopf, dann wendet er ihr den Rücken zu, und sie springt auf und schlingt kichernd Arme und Beine um ihn.

»Wir sehen uns, Mann«, murmelt Scott zum Abschied, und ich nicke.

»Tschau!« Steph grinst Bre an. »Melde dich. Dann gehen wir zusammen essen.«

»Das werde ich.« Bre grinst und beginnt zu lachen, als Steph *Hühopp* ruft, während sie ihrem Mann auf den Hintern klopft.

»Bist du bereit, nach Hause zu gehen?«, frage ich.

Bre blickt zu mir auf, und in ihren Augen steht etwas, das mich stutzig macht. »Kann ich dein Boot sehen?«

»Mein Boot?«

»Ja, ich war noch nie an Bord und wollte es schon immer mal von drinnen sehen.«

»Es ist schon spät. Ich denke, wir sollten dich nach Hause bringen, Baby«, sage ich leise, und sie neigt ihren Kopf zur Seite.

»Wir könnten reden.«

»Könnten wir, allerdings würdest du dich an nichts davon erinnern.«

»Würde ich doch.« Sie legt zur Bekräftigung eine Hand auf ihr Herz.

»In Ordnung.« Ich stehe auf, ziehe sie mit mir hoch und lächle, als sie die Arme um mich schlingt.

»Der Boden ist ein wenig wackelig.«

»Oder du bist ein bisschen betrunken«, erwidere ich und sie grinst mich an.

»Diese Cocktails waren fantastisch.«

Lachend drücke ich sie an mich. Wir verlassen die Bar und ich behalte sie während des kurzen Wegs zum Dock nah bei mir. Dort ankommen, helfe ich ihr an Deck und halte mich im Hintergrund, während sie sich umschaut. »Was wolltest du dir ansehen?«

»Alles«, antwortet sie und dreht sich zu mir um.

»So viel zu entdecken, gibt es nicht.« Ich folge ihr ins Steuerhaus und zeige ihr die Geräte, dann führe ich sie die Treppe hinunter unter Deck, wo sich eine Küche und ein Schlafplatz befinden. Als Bre auf dem Bett Platz nimmt und ihre Schuhe auszieht, spanne ich mich an. »Was machst du da, Aubrey?«

»Ich muss mich nur einen Moment ausruhen.« Sie legt sich hin und schließt die Augen.

Ich starre sie ungläubig an, dann beginnt sie leise zu schnarchen. Das hat mir gerade noch gefehlt. »Himmel.« Ich fahre mir mit den Fingern durch mein Haar. Da ich kaum eine andere Wahl habe, ziehe ich meine Jacke aus und kicke meine Stiefel weg. Weder rührt Aubrey sich, als ich ihr die Jacke abstreife, noch wacht sie auf, als ich zu ihr ins Bett steige.

Ich liege auf dem Rücken und starre an die Decke. Dann dreht sich Aubrey neben mir auf die Seite und schmiegt sich an mich. Für einen Moment verspanne ich mich, dann schlinge ich die Arme um sie und atme ihren Geruch ein. Ich habe eine Million Mal von diesem Moment geträumt. Dass sie sich morgen wahrscheinlich an nichts davon erinnern wird, macht mich fertig. Und wenn sie nichts hiervon vergisst, wird sie ausflippen.

Scheiß drauf. Ich halte sie ein wenig fester und hoffe sie davon zu überzeugen, dass es sich lohnt, das Risiko mit uns einzugehen.

5. Kapitel

Aubrey

Als ich langsam erwache, rieche ich das Meer und spüre das sanfte Wiegen der Wellen. Mein ganzer Körper ist von Wärme und Geborgenheit umhüllt. Ich kuschle mich enger an die harte Matratze unter mir, damit dieses Gefühl nie vergeht. Als sich zwei Arme um mich legen, erstarre ich und mir wird schlagartig klar, dass ich nicht auf einer Matratze, sondern einem sehr warmen, sehr harten Mann liege. Ohne es nachzuprüfen, weiß ich, dass es sich um Denver handelt.

Ich kann ihm nicht einmal die Schuld für unsere derzeitige Position geben. Ich habe mir das selbst eingebrockt. Ich bin letzte Nacht freiwillig in sein Bett gestiegen. Zu meiner Verteidigung, ich war dabei betrunken. Was keine Entschuldigung ist. Ich hätte es besser wissen müssen.

Als ich die Augen öffne und mich von ihm wegbewege, versuche ich mit all meiner Willenskraft, die intensiven Empfindungen in meiner Brust zu verdrängen. Und zu vergessen, wie sich Denvers Arme im Schlaf noch fester um mich geschlungen haben, als wollte er mich nie wieder loslassen. Meine Kehle brennt und eine Stimme in mir schreit, dass das falsch ist.

Er hatte gestern Abend recht; ich habe einer Verabredung mit Mike nur deshalb zugestimmt, weil das sicheres Terrain ist. Mike löst nichts in mir aus, sein Blick brennt sich nicht in meine Haut, wann immer er mich ansieht. Er bringt mich nicht dazu, an meinen Gefühlen für Gabe zu zweifeln oder mich zu fragen, wie mein Leben aussehen würde, wenn er ein Teil davon wäre. Wirklich, Mike lässt mich völlig kalt. Was daran liegt, dass ich ihn kaum kenne. Vermutlich. Ach, was weiß ich. Vielleicht würde ich mit der Zeit bei Mike dasselbe fühlen wie in diesem Moment mit Denver; etwas, das mich dazu bringt, mich vorsichtig von ihm wegzubewegen, in der Hoffnung, ihn nicht zu wecken.

Als ich mich endlich aus seiner Umarmung befreie, steige ich aus dem Bett und schaue mich um. Mithilfe des schwachen Lichts, das durch eines der Bullaugen ins Bootsinnere dringt, suche ich nach meinen Stiefeln. Dem Himmel nach zu urteilen, ist es noch früh am Morgen. Wenn ich Glück habe, kann ich mich nach Hause schleichen, noch bevor die Leute in meinem Viertel ihre Schlafzimmer verlassen.

Als ich endlich beide Stiefel gefunden habe, trage ich sie die Treppe hinauf und fummle dort an der blöden Klappentür herum. Es scheint ewig zu dauern, bis ich die Klinke finde; eine Ewigkeit in der Angst, dass Denver jeden Moment aufwacht und mich beim Rausschleichen erwischt. Als die Klappe endlich aufgeht, atme ich erleichtert die salzige Seeluft ein.

Ich gehe zum Rand des Bootes und falle fast ins

Wasser, als ein Seelöwe losbrüllt und mich halb zu Tode erschreckt. Er hockt an der Kante des Docks, und als ich ihm einen Blick zuwerfe, springt er ins Wasser und spritzt mich voll. Schlagartig werden mir zwei Dinge klar. Erstens: Es ist eiskalt draußen. Und zweitens: Ich habe meine Jacke bei Denver vergessen. Ich schließe die Augen und lasse den Kopf sinken. Ich will nicht zurück, aber ich habe keine andere Wahl. Keine Jacke bedeutet auch kein Schlüssel, um ins Haus zu kommen. Also müsste ich Dad oder Shel wecken, da ich ihnen meinen einzigen Ersatzschlüssel anvertraut habe.

»Ich schätze, dir ist klargeworden, dass du wieder reinkommen musst.«

Auf Denvers Worte hin drehe ich mich zu ihm um und bin ein wenig überrascht, dass er nicht verärgert aussieht, weil ich gehen wollte, ohne ihm Bescheid zu geben.

»Ich ...«, setze ich an und stocke. Was soll ich ihm sagen? Dass es mir leidtut? Ich nicht wieder reingehen will? Ich mich in seinen Armen so warm und sicher gefühlt habe, dass ich am liebsten für immer liegen geblieben wäre?

»Geh wieder rein, Bre.«

»Kannst du mir meine Jacke nicht einfach bringen?«, frage ich, und sein Blick fällt auf meine Füße und wirkt nun doch verärgert.

»Du hast nicht mal deine verdammten Schuhe an.«

»Denver«, beginne ich und mache den Mund zu, als er den Abstand zwischen uns überbrückt. Sobald er vor mir steht, umfasst er meine Hüften und hebt mich hoch. Dann wirft er mich über seine Schulter. Mir stockt der

Atem. Teils von dem Aufprall und weil seine Schulter in meinen Bauch drückt, aber auch vor Unglauben. Ich kann nicht fassen, dass er das getan hat. Ich bin noch nie in meinem Leben von einem Mann hochgehoben worden, außer von meinem Vater, als ich ein kleines Mädchen war.

»Lass mich runter«, flüstere ich, während mein Herz heftig in meiner Brust pocht. Als er mich die Treppe hinunterträgt, schließe ich die Augen. Wie konnte ich glauben, dass ich mich davonstehlen kann, ohne dass es ihm auffällt? Ich hätte wissen müssen, dass mein Fluchtplan zum Scheitern verurteilt war. Es scheint, als wäre mein Glück – wenn ich je welches hatte – restlos aufgebraucht.

Als er am Fuß der Treppe ankommt, geht er durch den kleinen Raum und wirft mich auf das Bett. Dann liegt er auf mir und sein Gewicht drückt mich in die Matratze. Ich will nicht darüber nachdenken, wie gut es sich anfühlt, ihn auf mir zu spüren, wie gut er riecht oder wie mein Körper ohne meine Zustimmung auf seine Nähe zu reagieren scheint. Ich will an nichts davon denken, dennoch ist es alles, was mir durch den Kopf schießt, als er mein Gesicht in die Hände nimmt und meinen Blick festhält.

»Was machst du da?« Meine Brust hebt und senkt sich rapide, und mein Puls rast so schnell, dass ich das Blut in meinen Ohren rauschen höre.

Denvers Miene wird sanfter. »Es ist Zeit, dass wir reden.«

Panik jagt gefährlich heiß durch meinen Körper, und ich stoße gegen seine Brust, um von ihm wegzukommen.

Er schließt die Finger um meine Handgelenke, zieht sie

über meinen Kopf und senkt sein Gesicht dicht an meines. »Beruhige dich.«

»Nein. Lass mich los!«, sage ich mit fester Stimme und versuche ihn von mir zu schubsen. So viel Kraft ich auch aufwende, er bewegt sich keinen Zentimeter. Schwer atmend gebe ich auf und schließe die Augen, um ihn zu ignorieren.

»Warum hast du solche Angst vor mir, Bre?«, fragt er leise, und Tränen brennen hinter meinen Lidern, bevor sie sich Bahn brechen.

Ich schüttle den Kopf und spüre die Feuchtigkeit auf meinen Wangen. Ich kann ihm nicht sagen, warum er mir Angst macht. Oder dass ich in seiner Nähe meine Vergangenheit mit Gabe vergesse, den Schmerz seines Verlustes. Wie sehr ich mich davor fürchte, was ich fühlen könnte, wenn ich Denver jemals verlieren würde. Wie sehr ich die Vorstellung hasse, wie meine Mutter zu werden, die sich derart auf einen Mann eingelassen hatte, dass alles andere unwichtig wurde. Sie selbst, ihre Kinder, alles eben. So jemand möchte ich nicht sein. Auch wenn es dumm klingt, ist es die Wahrheit. Seit ich Denver als Jugendliche begegnet bin, weiß ich, dass er die Fähigkeit besitzt, mich alles vergessen zu lassen – nur nicht die Gefühle, die er in mir weckt.

»Sprich mit mir, Baby«, drängt er, aber ich schüttle den Kopf und mehr Tränen benetzen mein Gesicht. »Sorgst du dich, dass ich dir etwas antun könnte?«

Ich reiße die Augen auf und funkle ihn an. »Nein, mach dich nicht lächerlich.«

Er lächelt, und mir wird klar, was ich gerade zugegeben

habe. Mist. »Okay, wovor hast du dann Angst?«, hakt er nach.

»Vor gar nichts.«

»Lügnerin. Ich sehe es dir doch an. Es steht dir ins Gesicht geschrieben, wenn du mir verstohlene Blicke zuwirfst.«

»Keine Ahnung, wovon du sprichst.«

Er schüttelt den Kopf, dann berührt er mit den Lippen meine Stirn. »Fürchtest du dich davor, dich in mich zu verlieben?«

Ich möchte lachen und ihm sagen, dass er nicht so von sich selbst überzeugt sein sollte. Als könnte ich mich so schnell in ihn verlieben. Nur wäre das nicht die Wahrheit, da ich schon immer in ihn verliebt war. Ich habe ihn als junges Mädchen geliebt, während ich mit einem anderen Mann verheiratet war und jetzt liebe ich ihn noch genauso. Als Gabe starb, habe ich mich wegen meiner anhaltenden Gefühle für Denver gehasst. Das hatte er nicht verdient. Ich hätte ganz und gar ihm gehören sollen, und Denver hätte nie meine Gedanken ausfüllen dürfen. Auch wenn ich stets nur hoffte, dass es ihm gut ging und er glücklich war, ist das meiner Meinung nach genug Betrug.

»Ich weiß, dass wir glücklich sein können, Bre.« Erneut küsst mich Denver auf meine Stirn. »Ich weiß, dass wir das hinbekommen. Dass wir etwas Schönes miteinander teilen können.«

»Ich hatte etwas Schönes«, sage ich verbittert, um mein Herz vor seinen Worten zu schützen, und sein Körper verspannt sich.

Er zieht sich zurück und sieht mir in die Augen. »Baby«, sagt er mit sanfter Stimme.

»Es ist mir egal, was du dir eingeredet hast, Denver. Mich interessiert nicht, was du glaubst, das zwischen uns passieren wird.«

»Fühlst du dich sicher in den Mauern, die du um dich herum gebaut hast? Bist du dort glücklich? Ist es für dich in Ordnung, dein Leben für immer so weiterzuführen? Kommst du mit dem Gedanken klar, dich eines Tages auf einen Kerl einzulassen, der dir nichts bedeutet, nur weil sich das sicherer anfühlt? Weil darin kein Risiko liegt?«, fragt er, und mein Magen verkrampft sich.

»Lass mich in Ruhe«, schieße ich zurück, zutiefst getroffen.

»Nein, ich will es wissen. Gefällt dir der Gedanke, mit jemandem zusammen zu sein, den es nicht kümmert, ob du deinen Scheiß klärst oder nicht?«

»Oh, und du wirst das tun? Weil du mich ja so gut kennst?«

»Ja, Bre, ich kenne dich verdammt gut. Besser, als du dich selbst. Ich weiß, dass du mich genauso liebst wie ich dich, und dir das eine Heidenangst einjagt. Mir ist auch klar, dass du alles tun würdest, um dich zu schützen, selbst wenn du dafür auf etwas verzichtest, das sich richtig anfühlt. Tut mir leid, dir das sagen zu müssen, Baby, aber das Leben ist manchmal verdammt beschissen. Entweder man lernt daraus oder nicht. Ich bete zu Gott, dass ich nie erfahren muss, wie weh es tut, die Person zu verlieren, mit der ich den Rest meines Lebens verbringen wollte. Sollte das jedoch passieren, Gott bewahre, hoffe ich, stark genug zu sein, um für eine Chance auf etwas verdammt Gutes alles zu riskieren. Das will ich tun, um glücklich zu sein, selbst wenn mir dieses Glück nicht für immer bestimmt ist.«

Seine Worte treffen mich. Und als er mich loslässt und vom Bett aufsteht, fühle ich mich kalt und allein. Meine Kehle brennt und mein Herz schmerzt. Ich möchte alles zurücknehmen, was ich vorhin gesagt habe; ihn in die Arme schließen und mich entschuldigen. Er hat recht. Man sollte alles riskieren, um sein Glück zu finden, und sei es nur für einen Moment. All das möchte ich tun, aber lasse es.

Stattdessen setze ich mich auf und wende meinen Blick ab. Ich suche meine Schuhe, die ich neben dem Bett habe fallen lassen, ziehe sie an, dann schlüpfe ich in meine Jacke. Ohne Denver noch einmal anzusehen, gehe ich die Treppe hinauf. Bei den Gefühlen, die in meinen Innern brodeln, fehlt mir der Mut, um ihm ins Gesicht zu schauen. Als ich das Deck erreiche und von Bord gehe, breitet sich ein stechender Schmerz in meiner Brust aus. Es tut so weh, dass es mir egal ist, wie seltsam mich die Leute um mich herum betrachten oder wie viele von ihnen meine Familie kennen und Dad oder Shel anrufen werden, um sich nach mir zu erkundigen.

Am Ende des Piers angekommen, legt sich eine Hand auf meinen Arm und ich zucke zusammen. Ich blicke in Denvers leere Augen, und mir bricht das Herz. »Ich bringe dich nach Hause«, sagt er mit emotionsloser Stimme. »Und ich will keine einzige verdammte Ausrede hören, warum ich das nicht tun kann.«

Ich nicke einmal und folge ihm zu seinem Wagen. Sobald wir beide angeschnallt sind, fährt er zu mir und hält in der Einfahrt an, ohne den Motor abzustellen.

»Entschuldige mich bei Ly. Sag ihr, dass mir etwas dazwischengekommen ist und ich arbeiten muss.«

Ein tonnenschweres Gewicht legt sich auf meine Schultern, und ich kämpfe gegen die aufsteigenden Tränen. Ich nicke, dann senke ich den Kopf und steige aus dem Auto. Als ich die Tür zugeworfen habe, stehe ich da und starre auf meine Füße. Der Drang, die Tür wieder zu öffnen, um mit ihm zu reden, ist groß. Doch meine Angst ist größer und mir fehlt der Mut, mich ihr zu stellen. Ich bin ein Feigling. Mir fehlt einfach die Kraft, einen Schritt auf Denver zuzugehen.

Mit einem tiefen, zittrigen Atemzug umrunde ich Denvers Truck, um zur Treppe zu gelangen. Als ich das Haus betrete, ist es dunkel und still, was das Gefühl von Einsamkeit noch verstärkt. Ich folge dem Flur zu meinem Schlafzimmer, ziehe mich aus und verkrieche mich in meinem Bett, wo ich weine, bis ich keine Tränen übrig habe.

Ich stehe oben auf dem Rodelberg und beobachte Ly und Pen, wie sie zusammen auf Lys orangefarbenen Schlitten den schneebedeckten, teils schon matschigen Hügel runterfahren. Als wir vor etwa einer Stunde hier ankamen und ich den mitgenommenen Zustand der Rodelbahn erblickte, wollte ich umdrehen und nach Hause fahren.

Doch das habe ich nicht getan, weil Ly schon enttäuscht darüber war, dass Denver seine Pläne mit ihr abgesagt hatte. Was wiederum allein meine Schuld ist, daher wollte ich es wieder gutmachen, indem ich hierblieb.

»Okay, ich habe dir genug Zeit gegeben. Sprich mit mir«, fordert Shel mich auf und ich drehe mich zu ihr um. Als ich die Sorge in ihren Augen lese, möchte ich mich am liebsten ohrfeigen.

Nachdem ich mich heute Morgen ausgeweint hatte, stand ich auf, zog mich an und holte Ly bei meinen Eltern ab. Dad war bei der Arbeit, Shel leider nicht. Kaum dass sie mein Gesicht sah, wusste sie, dass etwas passiert war. Ihre Fragen wimmelte ich mit dem Versprechen ab, ihr die Sache später zu erklären, worauf sie sich zum Glück einließ. Nur bedeutet später nicht nie, und an Shels Blick erkenne ich, dass sie mich diesmal nicht so einfach davonkommen lässt.

»Ich habe es vermasselt.« Ich schaue den Hügel hinunter, wo Ly und Pen mit Dads Hilfe den matschigen Pfad erklimmen. »Denver hat gestern herausgefunden, dass ich ein Date habe, und ist deshalb früher bei uns aufgetaucht.« Aus den Augenwinkeln sehe ich, wie sie zusammenzuckt. »Ist schon okay«, beschwichtige ich sie, damit sie sich nicht schuldig fühlt. Dann schüttle ich den Kopf. »Er hat mich geküsst und mir gesagt, dass er nicht mehr auf mich warten will und wir über uns reden müssen.«

»Das hat er getan?«, hakt sie nach und klingt dabei nicht schockiert, sondern erfreut.

»Er ... Ich ... Gott, Shel. Seit ich denken kann, bin ich in ihn verliebt, aber das geht nicht. Ich will nicht mit ihm zusammen sein. Ich *kann nicht* mit ihm zusammen sein«, lüge ich und atme zittrig ein. Es tut weh, einen solchen Mist laut auszusprechen.

»Warum nicht?«

Ich schließe die Augen, als neuerliche Tränen aufsteigen. »Er lässt mich alles vergessen«, flüstere ich. »Er lässt mich vergessen, und das möchte ich nicht.«

»Er lässt dich Gabe vergessen.« Eine Feststellung, keine Frage. Ich hasse mich dafür, dass ich den Mann, dem ich mich versprochen habe, so leicht hinter mir lassen kann.

»Ja, Gabe. Wer ich bin und mein Versprechen, nicht so zu enden wie meine Mutter.«

»Deine Mutter? Wie meinst du das?«

»Sobald sie einen neuen Mann in ihrem Leben hat, erinnert sie sich nicht mehr daran, dass es mich gibt.«

Erkenntnis füllt Shels Augen und ihre Miene wird sanfter. »Schatz, du bist nicht deine Mutter und du wirst Lyra nicht vergessen, nur weil du einen Mann gefunden hast, der dir etwas bedeutet.«

»Vielleicht hast du recht, aber was sagt es über mich und meine Gefühle für Gabe aus, dass ich all die gemeinsamen Jahre mit ihm vergesse, sobald ich in Denvers Nähe bin? Es kommt mir wie ein Verrat an ihm vor, als hätte ich ihn nicht genug geliebt ... als würde ich ihn immer noch nicht genug lieben.«

»Bre«, flüstert sie, und Tränen glänzen in ihrem Blick.

»Ich bin die einzige Verbindung, die Ly zu Gabe hat. Wenn ich ihn vergesse, wer wird ihr dann von ihm erzählen?«

»Süße, du wirst ihn nie vergessen. Niemals. Und du wirst auch nicht zulassen, dass Ly ihn vergisst. Ich weiß, dass du ihn geliebt hast. Jeder konnte das sehen. Doch dein Leben hat nicht mit seinem geendet. Gabe hätte nicht gewollt, dass du allein bist. Es würde ihm gefallen, wenn du dein Leben wieder mit jemandem teilst. Wenn du glücklich bist.«

Sie schlingt die Arme um mich, und ich lege den Kopf an ihre Schulter, während sich ein leises Schluchzen meiner Kehle entringt. Gabe hätte gewollt, dass ich glücklich bin. Das war ihm stets wichtig.

»Auch wenn der Gedanke, dein Herz aufs Spiel zu setzen, beängstigend klingt«, flüstert sie mir ins Ohr, »möchte ich nicht, dass du auf dein Leben zurückblickst und bereust, nicht mehr riskiert zu haben, Aubrey. Ich weiß, wie es sich anfühlt, mit Reue zu leben, Schatz. Ich wünschte, ich wäre mutiger gewesen. Bitte, tu es für dich und dein Glück und sei mutig.«

»Shel«, wispere ich, während mir der Schmerz in ihren Worten die Brust zuschnürt. Mir ist klar, dass sie aus Erfahrung spricht. Sie und Dad haben ihren Sohn zur Adoption freigegeben, als sie selbst noch halbe Kinder waren. Nicht lange danach ließ Shel meinen Vater zurück, da sie mit diesem Verlust nicht umgehen konnte. Auch wenn sie diesen Entschluss heute bereut, ist uns beiden klar, dass es weder mich noch meine Brüder geben würde, wenn sie geblieben wäre.

»Sei mutig, Süße, und ich verspreche dir ...« Sie drückt mich fest an sich. »... es wird sich lohnen.«

»Alles in Ordnung?« Dads tiefe Stimme unterbricht

unseren Moment. Schnell trete ich von Shel zurück und wische mir über die feuchten Wangen, während sie das Gleiche tut.

»Alles gut. Du kennst uns, Liebling. Manchmal müssen wir Mädels uns einfach ausweinen«, erklärt Shel.

Ich schaue zu meinem Vater, der nicht überzeugt wirkt. Als ich spüre, wie sich schmale Arme um meine Beine schlingen, blicke ich nach unten und lege meine Hand auf Lys Kopf.

»Geht es dir gut, Mom?«, fragt sie und sieht zu mir auf.

»Ja, Liebes.« Ich hebe sie hoch und schaue in ihre Augen, die ein Spiegel meiner eigenen sind. »Du bist schon so ein großes Mädchen. Manchmal macht es mich traurig, daran zu denken.« Was nicht zur Gänze gelogen ist, denn von Zeit zu Zeit macht es mich traurig, wenn ich daran denke, wie schnell sie erwachsen zu werden scheint. Eines Tages wird sie mich verlassen und ihr eigenes Leben beginnen, und das stimmt mich immer etwas wehmütig.

»Du hast gesagt, ich werde immer dein Baby sein.«

»So ist es«, stimme ich zu und umarme sie. »Nur wirst du so schnell groß.«

»Ich will größer werden«, entgegnet sie mit ernster Miene.

»Warum das denn?«

»Dann kann ich Kuchen essen, wann immer ich will. Sogar zum Frühstück.«

Lachend vergrabe ich das Gesicht in ihrem Haar und drücke sie fest an mich.

»Können Pen und ich wieder den Berg hinunterrodeln?«, will sie wissen und versucht, sich aus meinem Griff zu befreien.

Ich reiße mich zusammen und stelle sie wieder auf die Füße. Kaum dass ich zugestimmt habe, nehmen Pen und sie die Plätze auf dem Schlitten ein und fahren wieder hinunter. Ihr unbeschwertes Lachen erfüllt die Luft.

Ich kann nicht anders, als zu lächeln. Dann spüre ich das Gewicht eines Arms auf meinen Schultern, bevor ich Dads leise Stimme höre. »Du bist eine tolle Mutter, Aubrey. Lyra hat Glück, dass sie dich hat.«

»Dad.« Ich lehne mich an ihn.

Er gibt mir einen Kuss auf den Kopf. »Ich weiß, es war nicht leicht, sie in den letzten Jahren allein aufzuziehen, aber ...«

»Ich war nicht allein«, unterbreche ich ihn und schaue zu ihm auf. »Ich habe euch, meine Brüder und Den...« Ich halte mitten im Wort inne und schließe die Augen, als der Groschen endlich fällt.

Denver hat mich von Anfang an begleitet. Wir haben nicht zusammengelebt oder waren ein Paar, aber er war immer für Lyra und mich da, wenn wir ihn gebraucht haben. Nach ihrer Geburt wich er uns wochenlang nicht von der Seite. Er passte auf sie auf, wenn ich duschen musste; gab ihr das Fläschchen und wickelte sie, damit ich mich ausruhen konnte. Außerdem kochte er für mich. All das tat er, ohne mir je das Gefühl zu geben, dass er lieber woanders wäre. Er hat jedes Weihnachten bei uns übernachtet und mir geholfen, die Spielsachen zusammenzubauen und unter den Baum zu stellen. Anschließend hat er auf der Couch geschlafen, damit er Ly gleich morgens sehen konnte, wenn sie herunterkam, um ihre Geschenke zu öffnen. Er war an allen Feiertag und Geburtstagen anwesend, auch bei meinen, und hat immer eine große Sache daraus gemacht, selbst wenn ich das nicht wollte.

»Gott«, flüstere ich und spüre, wie sich mir die Kehle zuschnürt, während sich tausende Erinnerungen vor mein geistiges Auge schieben. Er ist immer für uns und für mich da gewesen. Wieso erkenne ich das erst jetzt? Ich lehne die Stirn an Dads Schulter, und er schlingt den Arm fester um mich. Er fragt nicht, was mir durch den Kopf geht, vielleicht muss er das auch nicht.

Mit einem mulmigen Gefühl im Bauch atme ich tief durch. Ich habe Denver ins Gesicht gelogen, um mich selbst zu schützen. Keine Ahnung, ob ich den Mut aufbringen kann, um zu reparieren, was ich zerstört habe.

6. Kapitel

Aubrey

Ich starre auf mein Handy und die Nachricht, die mir Mike soeben geschickt hat: *Das habe ich mir schon gedacht.* Seufzend lege ich das Telefon neben meine Tasse Kräutertee auf den Couchtisch. Es ist vollbracht. Meine Verabredung mit ihm ist abgesagt. Ich sollte erleichtert sein, dass seine Antwort nicht so klingt, als sei er sauer. Das bin ich aber nicht. Ich hätte diesem Date nie zustimmen dürfen.

Mich zurücklehnend schließe ich die Augen und wünsche mir, dass sich meine Kopfschmerzen in Luft auflösen. Dann beuge ich mich nach vorn und reibe mit den Händen über mein Gesicht. Ich bin müde, wirklich müde, und ich hoffe, dass ich heute Nacht etwas Schlaf finde. Ich raffe mich von der Couch auf, nehme die halb leere Tasse und mein Handy und gehe damit in die Küche. Nachdem ich den restlichen Tee in die Spüle gekippt habe, mache ich mich auf in mein Schlafzimmer und schalte auf dem Weg dorthin alle Lichter aus.

Im Zimmer angekommen, stelle ich die Deckenleuchte an und, gehe zu meinem Bett, wo ich mein Handy ablege. Dann knipse ich meine neue Nachttischlampe aus Metall mit dem türkisfarbenen Schirm an. Vor ein paar Monaten hatte ich alle Möbel in diesem Raum ersetzt, als mir klar wurde, dass ich mir keinen Gefallen damit tat, alles so zu lassen, wie es war. Jedes Mal, wenn ich nach Gabes Tod hier drin war, stellte ich mir vor, dass er jeden Moment aus dem Bad kommen und sich zu mir ins Bett legen würde, wie er es immer getan hatte. Im Gegensatz zum Rest des Hauses, das sich nach Lys Geburt verändert hatte, war dieses Zimmer fast unberührt geblieben. Alles hier war auf irgendeine Weise mit Gabe verbunden, da wir diese Dinge nach unserer Heirat und im Laufe der Jahre zusammen gekauft hatten.

Shel überzeugte mich schließlich davon, dass es in Ordnung war, loszulassen, und darüber bin ich sehr froh. Die ehemals tiefblauen Wände sind mittlerweile cremefarben und passen gut zu der neuen, helleren Einrichtung. Ich habe mich von der alten Bettwäsche getrennt und mich für eine mit blauen, rosa, grünen und gelben Blumen entschieden. Unser dunkles Holzbett habe ich durch ein helleres ersetzt, das ein hohes Kopfteil aus Stoff und entlang der Kante genagelte Metallösen hat. Die dazu passenden Nachttische haben Griffe aus demselben Metall wie die Ösen am Bett.

An der Wand über der Kommode hängt nur ein Bild in einem weißen Rahmen. Es ist ein Foto von Ly nach der Geburt, in Sepiatönen gehalten. Gegenüber befindet sich die Schiebetür zur Terrasse. Die luxuriösen Jalousien haben mich ein kleines Vermögen gekostet, aber sie sehen toll aus und waren jeden Cent wert, besonders im Sommer, wenn es die meiste Zeit hell ist.

Ich schalte das Deckenlicht wieder aus und hole ein T-Shirt aus der Kommode, um mich umzuziehen. Dabei driften meine Gedanken zu Denver. Ich muss mich bei ihm für mein Verhalten entschuldigen. Keine Ahnung, ob ich für das, was er will, bereit bin, aber ich weiß, dass ich ihn in meinem Leben brauche. Ly ebenso. Ich setze mich im Schneidersitz aufs Bett und ziehe die Decke über meinen Schoß, dann nehme ich mein Handy und wähle Denvers Nummer. Es klingelt zweimal, bevor ich zur Mailbox weitergeleitet werde, doch ich hinterlasse ihm keine Nachricht.

Ich lasse mein Telefon in meinen Schoß fallen und schließe die Augen. Tränen brennen hinter meinen Lidern. In den vier Jahren, seit Denver wieder in mein Leben getreten ist, hat er meine Anrufe nie ignoriert. Das war gerade das erste Mal. Auch wenn ich es vermutlich verdient habe, macht es mich ein wenig fertig. Da ich keine andere Wahl habe, verfrachte ich mein Handy auf den Nachttisch, schalte die Lampe aus und lege mich hin. Die Sonne blinzelt längst wieder durch die Jalousien, als ich endlich einschlafe. Keine Stunde später kommt Ly ins Zimmer und weckt mich.

Ich nehme einen großen Schluck von meiner dritten Tasse Kaffee und beobachte Ly, die auf den Knien vor dem Couchtisch sitzt, eine Schüssel bunte, süße Cornflakes und ihr iPad vor sich. Der YouTube-Kanal, den sie sich ansieht, gehört zu ihren Favoriten. Der Star der

Show macht sich ständig zum Affen, indem er tanzt und in einem Kinderspielcenter herumläuft, Spielzeug ausprobiert und zeigt, wie es funktioniert. Er muss Anfang dreißig sein und ist immer gleich gekleidet, mit einem orange-blauen Hut auf dem Kopf, einer Brille, Hosenträgern und einer grauen Hose, die er in seine ebenfalls orange-blauen Schuhe steckt. Selbst eine gestandene Frau wie ich muss zugeben, dass er auf faszinierende Art unterhaltsam ist.

»Mommy.« Lys Stimme lenkt meine Aufmerksamkeit auf sie, und als ich ihrem Blick begegne, spanne ich mich an. »Wo ist Denver?«

Mist. Ich hätte mit dieser Frage rechnen müssen. Denver hat ihr noch nie abgesagt, und selbst wenn das in Zukunft passiert wäre, hätte er vermutlich angerufen. Oder wäre bei der nächsten sich bietenden Gelegenheit vorbeigekommen.

»Wie ich dir gestern gesagt habe, Liebes, arbeitet er.«

Ly beginnt mich zu mustern, so lange, dass ich gegen den Drang ankämpfen muss, mich unter ihrem Blick zu winden. »Kann ich ihn anrufen?«

»Natürlich«, flüstere ich, und meine Kehle schnürt sich vor Angst zu, während ich seine Nummer wähle. Ich reiche ihr mein Handy und beobachte, wie sie ihr Gesicht verzieht, als er nicht rangeht. Als sie ihm eine Nachricht hinterlässt, in der sie ihm sagt, dass sie ihn vermisst, balle ich die Hände zu Fäusten und drücke die Nägel in die Innenflächen.

»Er hat nicht abgenommen«, sagt sie, gibt mir das Telefon zurück und ich beende den Anruf.

»Er wird dich zurückrufen.« Ich hoffe, diese Worte

verwandeln sich nicht in eine Lüge. Für Ly wünsche ich mir, dass die Probleme zwischen uns keine Auswirkung auf ihre Beziehung zu ihm haben. Ich ziehe sie auf meinen Schoß und küsse sie auf den Kopf. »Wie wäre es, wenn wir uns anziehen und in die Bibliothek gehen, um eine Geschichte zu hören?«, schlage ich vor. »Dann können wir auch deine Bücher zurückbringen und uns ein paar neue ausleihen, wenn wir schon mal da sind.«

»Okay.«

»Okay.« Ich drücke sie fest an mich, bevor ich sie auf die Füße stelle. »Schalt dein iPad aus und trage deine Schüssel in die Küche, Liebes.«

Mit einem Nicken tut sie, worum ich sie gebeten habe, dann bringe ich sie nach oben. Ich helfe ihr beim Anziehen, bevor ich mich selbst fertig mache, während sie auf meinem Bett sitzt und mich beobachtet.

Als ich Ly in ihrem Autositz anschnalle, kündigt mein Handy eine neue Nachricht an. Ich ziehe aus der hinteren Tasche meiner Hose und schaue auf das Display. Als ich Denvers Name sehe, zieht es in meiner Brust.

Denver: *Sag Lyra, dass ich arbeite, sie lieb habe und mich bald bei ihr melde.*

Ich antworte ihm nicht. Ich glaube nicht, dass er das will oder von mir erwartet. Als ich Ly die Nachricht vorlese, verzieht sie ärgerlich ihr Gesicht. »Er hat mich nicht zurückgerufen.«

»Er ist beschäftigt, Schätzchen«, beschwichtige ich sie und ziehe die Gurte fest, damit sie auf der Fahrt sicher ist.

»Er ruft mich immer an oder kommt zu mir. Er ist nie zu beschäftigt für mich.«

Da hat sie natürlich recht, aber das war, bevor sich ihre Mom wie eine Idiotin verhalten hat. »Er wird anrufen.«

»Versprochen?«

Gott, so sauer ich auf mich selbst bin, schwingt diese Wut langsam auf Denver über. Wenn er nicht mit diesem Schlamassel angefangen hätte, wäre Ly nicht verwirrt und die Dinge so, wie sie immer gewesen sind.

»Versprochen.« Ich küsse sie auf die Stirn, dann schlage ich die Tür zu. Sobald ich hinter dem Steuer meines Suburban sitze, starte ich den Motor. Da mein Inneres immer noch in Aufruhr ist, schicke ich – gedankenlos wie ich bin – Denver eine gepfefferte Nachricht.

Ich: *Das ist genau der Grund, warum ich diesen Schritt nicht mit dir machen wollte. Ly ist enttäuscht und verwirrt. Ich verstehe, dass du sauer auf mich bist, aber das sollte die Dinge zwischen dir und ihr nicht beeinflussen.*

Nachdem ich auf *Senden* gedrückt habe, beiße ich mir auf die Lippe. Dann erhalte ich auch schon seine Antwort und ich spanne mich an.

Denver: *Du willst diesen Schritt nicht mit mir machen, weil du ein Feigling bist. Benutz Lyra nicht als Ausrede. Und ich würde nie zulassen, dass irgendetwas meine Beziehung zu ihr beeinträchtigt, das weißt du.*

Ich: *Du bist ein Arsch.*

Erneute drücke ich auf *Senden* und wünschte, ich hätte es nicht getan. Ich will nicht mit ihm streiten oder ihn noch mehr wegstoßen, als ich es schon getan habe. Doch genau das habe ich gerade gemacht. Zumindest denke ich das, bis ich seine Antwort lese.

Denver: *Ja, der Arsch, in den du verliebt bist. Du musst dich damit abfinden, Bre, denn wie ich schon sagte, wir beide werden einen Weg finden, das zu klären. Übrigens habe ich gehört, dass du dein Date mit Mike abgeblasen hast. Kluger Schachzug, Baby.*

»Oh mein Gott«, entfährt es mir und ich werfe frustriert mein Handy auf den Beifahrersitz. Am liebsten würde ich laut schreien und mit der Faust auf das Armaturenbrett einschlagen. Allein Ly auf dem Rücksitz, die bei einer solchen Reaktion ausflippen würde, hält mich davon ab. Woher zum Teufel weiß Denver, dass ich mein Date mit Mike abgesagt habe? Und was zum Teufel ist mit ihm los? Da er nicht auf meinen Anruf reagiert hat, dachte ich, er wäre fertig mit mir. Ich sollte nicht erleichtert sein, dass er mich nicht aufgegeben hat, aber ich bin es, und das macht mich nur noch wütender.

»Mommy, fahren wir jetzt?«

Ich zwinge ein Lächeln auf meine Lippen und schaue über meine Schulter. »Ja.«

Ich lege den Rückwärtsgang ein und fahre uns zur

Bibliothek, wo wir uns eine Geschichte anhören und nach Büchern suchen, die wir ausleihen möchten. Danach halten wir kurz zu Hause an, damit ich mein Kanu aufladen und uns ein Mittagessen einpacken kann, dann geht es zum See. Für den Rest des Tages paddeln wir auf dem Wasser herum. Wieder zu Hause, gucken wir uns einen Film an, essen zu Abend, und nachdem ich Ly geduscht und ins Bett gebracht habe, lege ich mich selbst hin.

Zwei Stunden später habe ich mich oft genug hin und her gewälzt, um den Schlaf aufzugeben, und stehe auf. Ich ziehe ein Paar Socken an, schnappe mir eines meiner alten Sweatshirts und begebe ich mich mit meinem E-Reader und dem Babyfon zur Haustür. Die Nacht ist kühl, aber nicht kalt, also mache ich es mir in einem der Verandastühle bequem. Ich ziehe die Knie an, um sie unter mein Sweatshirt zu stecken. Gerade als ich zum guten Teil der Story komme, spüre ich die Gegenwart einer anderen Person. Es ist, als wären all meine Sinne auf diesen Menschen fokussiert, weshalb ich sofort weiß, wer sich zu mir auf die Veranda gesellt.

»Warum bist du hier?« Ich schaue nicht auf, als sich Denver neben mich setzt, seine langen Beine ausstreckt und die in Stiefel steckenden Füße auf dem Geländer abstützt.

»Ich habe versucht, Lyra anzurufen. Deine Mailbox ging sofort an«, antwortet er. Mist, ich habe vergessen, mein Handy aufzuladen, als wir nach Hause kamen. Der Akku gab mitten auf dem See den Geist auf, und ich hatte kein Ersatzladegerät dabei – was wieder mal typisch für mich war. »Hast du meine Anrufe ignoriert?«

Mein Kopf fliegt hoch und ich verenge die Augen. »Nein. Im Gegensatz zu dir habe ich deine Anrufe nie ignoriert. Mein Akku ist leer, und ich habe nicht daran gedacht, ihn aufzuladen.«

Sein Gesichtsausdruck verändert sich, als er mich eingehend mustert. »Ich habe deine Anrufe nicht ignoriert, Baby. Ich war beschäftigt. Ein Freund brauchte meine Hilfe. Der Motor seines Boots war ausgefallen und er musste zurück zum Hafen. Mein Handy funktioniert da draußen nicht, mein Satellitentelefon schon.«

»Natürlich.« Ich schüttle den Kopf und widme mich wieder meinem Buch.

»Bist du bereit zu reden?«

Mein Blick wandert wieder zu ihm. »Nein.«

»Natürlich.« Er grinst, und ich will ihn zugleich küssen und ohrfeigen. Ich balle die Hände zu Fäusten, und sein Blick fällt auf meinen Schoß. Sein Grinsen macht deutlich, dass er weiß, mit welch widersprüchlichen Gedanken ich mich herumplage.

»Warum bist du hier?«, wiederhole ich meine Frage von vorhin.

»Ich glaube, die Antwort kennst du.« Behutsam öffnet er meine Hand und verschränkt seine Finger mit meinen. »Wir müssen reden.«

»Nein, müssen wir nicht.«

Ich versuche, mich loszureißen, aber er hält meine Hand fest und zieht mich näher zu sich heran.

»Wie hast du dich gestern gefühlt, als ich einfach

weggefahren bin?« Auf seine leise gestellte Frage hin erstarre ich, und das Blut fließt so heftig durch meine Adern, dass es in meinen Ohren rauscht. »Es hat dir nicht gefallen. Ich weiß, dass es dir nicht gefallen hat.«

»Lass mich gehen.«

»Nein«, knurrt er, und ich sehe ihm in die Augen. »Das ist nicht, was du wirklich willst oder was du brauchst. Einer von uns muss dafür kämpfen, Bre, und bis du dafür bereit bist, kämpfe ich um uns.«

»Den ...«, beginne ich und stoppe, als sein Blick auf meinen Mund fällt.

»Sag mir, dass dich schon mal jemand so geküsst hat. Dass du dich bei einem Kuss schon mal so gefühlt hast.«

Ich betrachte seine Lippen und muss schwer schlucken. Ich kann nicht tun, was er von mir verlangt, denn es wäre eine Lüge. Gabe hat mich nie so geküsst und es hat sich auch nie so angefühlt wie mit Denver.

»Ich hatte das noch nie, Bre. Was ich für dich empfinde, habe ich für niemanden sonst je gefühlt, und ich weiß ...« Er drückt meine Finger. »... ich weiß, dass es sich lohnt, um uns zu kämpfen. Bis in den letzten Winkel meiner Seele weiß ich, dass du es wert bist.«

Mir steigen Tränen in die Augen, und als ich meinen Kopf nach vorne neige, um sie vor ihm zu verbergen, lehnt er seine Stirn an meine.

»Mir ist klar, dass du Angst hast.«

»Hör auf«, flüstere ich, schließe die Augen und hindere ihn am Weiterreden, indem ich selbst den Mund aufmache. »Das ist ... Das darf nicht passieren. Du bist mir wichtig, aber wir können das nicht tun. Ly wird leiden, und das ist ihr gegenüber nicht fair. Sie hat Gabe verloren. Sie hat ihn nie gekannt, aber sie vermisst ihn. Dich zu verlieren, würde sie am Boden zerstören. Sie hängt an dir und ...« *Ich kann genauso wenig riskieren, dich nicht mehr in meinem Leben zu haben.* So sehr ich diese Wahrheit aussprechen möchte, bin ich noch nicht bereit, so ehrlich zu ihm zu sein.

»Ich liebe sie auch. Ich gehe nirgendwo hin, und ich würde nie zulassen, dass meine Beziehung zu Ly durch irgendetwas gefährdet wird.«

»Das geht mir zu schnell.« Ich senke erneut die Lider, hebe sie jedoch, als ich das Beben seines Körpers spüre. Als ich sehe, dass er lacht, runzle ich die Stirn. »Warum lachst du?«

»Du hast gesagt, es geht schnell.« Sein Gelächter wird lauter und er lässt sein Gesicht in meine Halsbeuge sinken.

»Das *ist* schnell. Und was daran ist so lustig?«

Er lehnt sich zurück und die Heiterkeit ist aus seiner Miene verschwunden. »Vier Jahre, Bre. Vier verdammte Jahre habe ich auf meine Chance gewartet, die vielen davor nicht eingerechnet.« Er lässt meine Hand los und umfängt mein Gesicht. »Das ist alles andere als schnell.«

»Doch ist es.«

Sein Blick wandert über mein Gesicht und bleibt an meinem Mund hängen. Meine Bauchmuskeln spannen sich vor Erwartung an, dann schüttelt er den Kopf. »Nicht schnell genug«, murmelt er, bevor er mich an sich zieht und seine Lippen auf meine drückt. Wie beim letzten Mal verlangt seine Zunge Einlass, und diesmal gewähre ich ihm diesen.

Als er den Kuss vertieft, seufze ich auf. Er schmeckt immer noch nach Sonne und Meer, aber statt Kirschen und Minze ist da etwas Reichhaltigeres, wie Schokolade und Kokosnuss. Als er sich zurückzieht, um mir in die Unterlippe zu beißen, tue ich es ihm gleich und spüre, wie sein tiefes Knurren über meine Zunge rollt. Ich wehre mich nicht, als er mich auf seinen Schoß zieht. Dann setzt er meinen ohnehin schon erregten Körper unter Hochspannung, als er seine Hand meinen äußeren Oberschenkel hinaufgleiten lässt, über meine Hüfte und die Kurve meiner Taille entlang, bis knapp unter meine Brust. Ich wölbe mich ihm entgegen, will ihn spüren, brauche ihn mehr als meinen nächsten Atemzug.

Er streicht mit dem Daumen über meinen Nippel, und ich keuche auf, während sich heißes Verlangen zwischen meinen Beinen sammelt. Flehend dränge ich mein Becken an seines, damit er mich noch mehr berührt, am besten überall.

Wortlos hebt er mich hoch und trägt mich ins Haus, ohne seinen Mund von meinem zu lösen. Statt in mein Schlafzimmer bringt er mich in das Wohnzimmer, direkt zur Couch. Sobald ich mit dem Rücken darauf zum Liegen komme, spüre ich sein Gewicht auf mir und seine Härte zwischen meinen Beinen, nur durch die Jeans von meinem Eingang getrennt. Er zieht mir das Sweatshirt aus, wirft es auf den Boden und betrachtet das alte T-Shirt, das ich darunter trage.

»Nur an dir sieht ein altbackenes T-Shirt sexy aus«, sagt er und schiebt den Saum nach oben, wobei seine Hände über meine überempfindliche Haut gleiten.

Ich neige den Kopf zurück und schließe verlegen die Augen. Wahrscheinlich bin ich die einzige Frau über fünfundzwanzig, die kein einziges Negligé oder wenigstens einen hübschen Pyjama besitzt. Ich wette, von den Frauen, mit denen er bisher zusammen war, trug jede Unterwäsche im Bett, für den Fall, dass er bei ihnen vorbeikommt.

»Sieh mich an, Baby«, verlangt er und umfasst meine Brüste. Ich hebe die Lider, biege den Rücken durch und dränge mich ihm entgegen. »Ich will dich so, wie du bist.« Ich spüre, wie mein Herz heftig zu klopfen beginnt, und frage mich, ob ich meine Gedanken laut ausgesprochen habe. »Ich liebe dich so, wie du bist«, sagt er und hält meinen Blick gefangen.

Bevor ich auf seine Erklärung reagieren kann, beugt er sich nach unten und saugt hart an meinem Nippel. Lust überwältigt meine Sinne, während seine Hand meinen Bauch hinunter und unter den Bund meiner Shorts wandert. Er lässt von meiner Brust ab, um mich zu küssen, und gleitet mit einem Finger über meine empfindsamste Stelle.

»So verdammt feucht«, knurrt er in meinen Mund und ich stöhne auf, als er meine Klit findet. Dann dringt er mit zwei Fingern tief in mich ein, und meiner Kehle entringt sich ein Keuchen. Er lehnt seine Stirn an meine. »Eng, so verdammt eng. Fuck.« Seine Stöße werden heftiger und zielen auf genau die richtige Stelle. »Augen auf. Schau mich an.«

Ich versuche es. Ich versuche es wirklich, aber es ist zu

viel. Sein Blick, sein Geruch, sein Gewicht zwischen meinen Beinen und sein Stöhnen in meinen Ohren. Ich muss einfach etwas davon ausblenden. Ich senke die Lider, und Denver beißt in meinen Hals. Sofort begegne ich seinem Blick.

»Offen lassen. Hör nicht auf, mich anzusehen. Damit du weißt, dass ich es bin, der dir gerade diesen Höhepunkt verschafft.«

Seine Worte, seine Finger in mir und die Art, wie er mit dem Daumen meine Klit umkreist, treiben mich immer näher an den Abgrund. Zu nah. Den Blick mit seinem verhakt, komme ich und stöhne seinen Namen. Alles in mir spannt sich an, mein Atem stockt, und ich sehe nichts als Denver. Nichts als seine haselnussbraunen Augen.

»Wunderschön, genau wie ich mir gedacht habe.« Seine Worte flüstern über meine Lippen, und ich senke die Lider, während er mir Küsse auf den Kiefer haucht.

Wie zum Teufel konnte ein Streit zu heißem Rummachen auf meiner Couch führen und mit dem besten Orgasmus meines Lebens enden? Denver zieht seine Finger aus meiner noch pulsierenden Pussy, und ich halte ein Wimmern zurück. Ich fühle mich leer. Dann streift er meine überempfindliche Klit, und ich zucke mit den Hüften, während meine Wangen vor Verlegenheit zu glühen beginnen. Ich kann nicht glauben, dass das gerade passiert ist. Nicht, dass er mir meinen ersten Höhepunkt beschert hat, aber dieser war mühelos. Sonst dauerte es einfach zu lange, um mich zu entspannen, weshalb ich den Sex und das Vorspiel nicht immer vollends genießen konnte. Selbst nach all den Jahren, die Gabe und ich zusammen waren, hatte sich Sex mit ihm nie so einfach angefühlt.

»Bre.«

»Ich ... ich weiß nicht, was gerade geschehen ist«, flüstere ich.

»Sieh mich an, Bre.«

»Das ist noch nie passiert.« Keine Ahnung, ob mich die Reaktion meines Körpers auf Denver demütigt oder schockiert.

»Was ist noch nie passiert?«

»Nichts.« Ich schüttle den Kopf und halte die Lider fest geschlossen.

»Bre, sieh mich an.«

»Lass mich.«

»Nein.«

Gott, warum ist er so nervig?

»Sieh mich an«, knurrt er.

Ich reiße die Augen auf und starre ihn an. »Kannst du von mir runtergehen?«, frage ich wütend, während sich Panik in meiner Brust breitmacht.

»Was ist noch nie passiert?«

»Nichts.« Ich versuche, mich aufzusetzen, doch Denver rückt keinen Millimeter von mir weg.

»Sprich mit mir.«

»Nein«, erwidere ich und bemühe mich erneut, mich von ihm zu entfernen, aber vergeblich. Ich fühle mich wie eine Maus, die versucht, einen Felsbrocken einen Hügel hinaufzuschieben. Zum Scheitern verurteilt.

»Was ist noch nie passiert?«, wiederholt er, und mein Puls rast in ungeahnte Höhen. »Was ist noch nie passiert?«

»So leicht bin ich noch nie gekommen«, erwidere ich verärgert. »Zufrieden?« Ich stoße gegen seine Brust, aber er rührt sich nicht. Überhaupt nicht. Als wäre er zu einer Salzsäule erstarrt. Als mir das klar wird, drehe ich den Kopf weg und konzentriere mich auf die Wand auf der anderen Seite des Raumes. Warum habe ich zugelassen, dass er mich auf diese Weise berührt und mich derart in Verlegenheit bringt? Ich kann ihm nie mehr in die Augen schauen. »Bitte geh von mir runter.«

»Bre.«

»Bitte«, flüstere ich verzweifelt.

Er bewegt sich, und ich bringe sofort Abstand zwischen uns und lehne mich mit dem Rücken gegen die Couch. Ich ziehe die Beine an, schlinge die Arme darum und lege meine Stirn auf meine Knie, während ich mich frage, was zum Teufel mit mir los ist.

»Baby.« Sanft streicht er mir die Haare über die Schultern. »Was du mir gerade gegeben hast, war wunderschön.« Tränen füllen meine Augen und ich schüttle den Kopf. »So verdammt schön, wie du dich mir von deiner verletzlichen Seite zeigst.« Er berührt mein Kinn und zwingt mich dazu, ihn anzusehen. Sein Blick hält meinen fest, dann rückt er von mir weg. Ich erwarte, dass er aufsteht und geht, stattdessen hebt er mich hoch und bugsiert mich auf seinen Schoß. »Es ist nicht deine Schuld, dass du es mit ihm nicht geschafft hast.«

Oh mein Gott! Meine Brust wird eng, und die Schuldgefühle schnüren mir die Luft ab. »Stopp«, bringe ich hervor.

»Baby, ist schon gut«, sagt er ruhig und streichelt über meinen Rücken.

»Ich habe ihn geliebt«, beteuere ich leise, damit ihm klar ist, dass meine Gefühle für Gabe echt waren.

»Das stelle ich nicht infrage«, versichert er mir sanft und fährt mit dem Daumen über meine Wange.

»Wir waren glücklich.«

»Ich weiß«, erwidert er in demselben behutsamen Tonfall.

Gott, warum ist er so süß? Warum kann er nicht einfach gehen? »Er ... er war der Erste für mich, in jeder Hinsicht.«

Denver schlingt die Arme eng um mich und ein Muskel in seinem Kiefer beginnt zu zucken. »Ja«, sagt er mit einem verärgerten Ausdruck in seinen Augen, »aber er ist nicht mehr hier.«

Das tat weh. Allerdings nicht aus den Gründen, die ich mir gewünscht hätte. Es tut weh, weil ich ihn verletzt habe, und das mit Absicht.

Ohne ein weiteres Wort schiebt er mich von seinem Schoß auf die Couch. Dann steht er auf, beugt sich über mich und stützt die geballten Hände auf beiden Seiten meiner Hüften ab. »Ich muss arbeiten, also werde ich ein paar Tage weg sein.«

Mit sinkendem Herzen fange ich seinen Blick auf. »W-was?«

»Ich rufe Lyra morgen Abend an, bevor sie ins Bett geht.«

Er lehnt sich vor, und als ich denke, dass er mir einen Kuss auf die Stirn geben wird, zieht er sich in letzter

Sekunde zurück. Dann ist er weg, und ich höre, wie sich die Tür hinter ihm schließt. Mit zitternder Unterlippe und tränenfeuchten Wangen starre ich vor mir ins Leere. Warum habe ich das gesagt? Warum konnte ich nicht einfach die Klappe halten? Und wieso zur Hölle habe ich ihn gehen lassen? Schon wieder.

7. Kapitel

Denver

Ich nehme einen Schluck von dem Bier in meiner Hand und schauen über den Bootsrand hinunter in das dunkle Wasser. Bres Worte von vorhin klingen mir noch in den Ohren und erinnern mich daran, was ich für sie bin.

»Scheiße«, fluche ich aus Ärger über mich selbst, weil ich in eine Frau verliebt bin, die noch immer einen anderen Mann liebt. Eifersucht ist etwas, das ich nicht gerne empfinde, aber ich trage dieses Gefühl schon so lange in mir, dass ich mich daran gewöhnt habe.

Ich gehe zum Steuerhaus, setze mich in meinen Stuhl und seufze. Von wegen Arbeit; ich habe Bre angelogen, weil ich von ihr wegmusste. Sonst hätte ich etwas gesagt, was ich jetzt vermutlich bereuen würde. Ich brauche ein paar Tage, um darüber nachzudenken, wie mein nächster Schritt aussieht. Nicht, dass es von Bedeutung wäre. Bre wird nie mir gehören. Zumindest nicht ganz, und so sehr ich sie liebe, ich weiß, dass mir ein Teil von ihr nicht reicht. Ich bin egoistisch. Ich will alles von ihr. Ihre Liebe, ihr Herz, ihren Körper und ihre Seele.

»Vielleicht ist es verdammt noch mal an der Zeit, weiterzuziehen.« Ich reibe mir über das Gesicht, schließe die

Augen und rieche Bres Geruch, der noch an meiner Haut haftet. Ich sollte mich nicht so gut fühlen, weil ich ihr etwas geben konnte, dass er nie hinbekommen hat, aber verdammt, ich fühle mich, als hätte ich gewonnen. Zumindest in dieser Sache.

Als es hinter mir klopft, drehe ich mich in meinem Stuhl zur Tür um und runzle die Stirn. Vor dem kleinen runden Fenster, das etwa einen halben Meter über dem Boden liegt, scheint niemand zu stehen. Dennoch gehe ich zur Tür und mache sie auf. Dann schaue ich nach unten und es dauert einen Moment, bis ich begreife, wen ich sehe – Bre. Ihr Haar ist offen, ihr Gesicht und ihre Augen sind verquollen vom Weinen, sie trägt ihren Kapuzenpulli und ein paar Jeans. Und eine kleine schwarze Reisetasche hängt über ihrer Schulter.

»Was machst du hier?«

»Ich begleite dich.« Bei ihren leise gesprochenen Worten wird meine Brust eng. »Ich ... na ja ... ich habe ein paar Tage frei, und Shel und Dad werden für mich auf Ly aufpassen.«

Ich starre sie an, sie starrt zurück. Dann wendet sie den Blick ab und beißt sich auf die Unterlippe.

»Vielleicht war es eine dumme I...«

Ich schlinge den Arm um ihre Taille, ziehe sie an mich und bedecke ihren Mund mit meinem. Auf keinen Fall lasse ich sie diesen Gedanken aussprechen. Ich küsse sie heftig, stelle das Bier neben mir ab und drücke meine freie Hand gegen ihren Hinterkopf, damit sie nicht aus einer ihrer Launen heraus davonlaufen kann.

Ich höre, wie ihre Tasche auf den Boden fällt, dann

spüre ich ihre Hände auf meinem Oberkörper. Sie schiebt sie höher und legt sie um meinen Hals. Keine Ahnung, wie lange wir uns unter dem Sternenhimmel küssen. Es könnten Minuten oder Stunden sein. Sicher ist, dass ich mit ihrem Mund auf meinem und ihrem Körper gegen meinen gepresst alles andere um mich herum vergesse, bis es nur noch sie und mich gibt.

Ich ziehe mich von ihr zurück und vergrabe das Gesicht an ihrem Nacken, während wir beide zu Atem kommen. »Es tut mir so leid«, sagt sie. Ich schließe die Augen und schlinge beide Arme um sie. »Ich ...«, fängt sie an und schluchzt auf. Ihr Körper beginnt zu beben.

Rückwärts führe ich uns ins Steuerhaus und setze mich mit ihr auf meinem Schoß in den Stuhl. Ich drücke sie an mich und streiche ihr über den Rücken, während sie ihren Tränen freien Lauf lässt. Sie weinen zu hören, bringt mich fast um. »Baby, du musst dich beruhigen«, flüstere ich nah an ihrem Ohr.

Kopfschüttelnd rückt sie etwas von mir ab und sieht mir in die Augen. »Ich habe dich verletzt. Mit Absicht. Das war gemein. *Ich* war gemein«, murmelt sie, bevor sie die Stirn gegen meine Schulter sinken lässt.

»Bre«, beginne ich, ohne zu wissen, was ich sagen soll, nur dass ich etwas erwidern muss. Auch wenn es zerstören könnte, was uns verbindet. Nicht, dass wir bereits ein *uns* wären. Je mehr ich darüber nachdenke, desto klarer wird mir, dass ich nicht mit ihr zusammen sein kann – nicht, wenn sie immer noch in ihren toten Ehemann verliebt ist.

»Ich bin seit meiner Jugend in dich verliebt.« Bei ihrem

Geständnis spanne ich die Arme an, schließe sie noch fester um sie. »Ich ... Du hattest recht. Ich wollte mit Mike ausgehen, weil er kein Risiko bedeutet hätte. Ich war mit Gabe zusammen, weil die Dinge mit ihm immer ...« Sie schüttelt den Kopf. »Es war einfach. Er war mein bester Freund. Ich habe nie ...«

»Baby«, flüstere ich und schließe die Augen.

»Ich bereue meine Zeit mit ihm nicht. Ich habe nur ...«

»Bre, bitte hör auf«, unterbreche ich sie. »Bitte hör auf.« Ich dachte, ich wollte das, aber nicht so. Ich ertrage den Schmerz in ihrer Stimme nicht und dass sie wegen ihrer Gefühle für mich derart leidet.

»Du hattest recht. Wenn ich mit dir zusammen bin, fühle ich Dinge, die ich noch nie empfunden habe, und ...« Ich höre sie schwer schlucken. »Auch wenn es wehtut, ist es die Wahrheit.«

»Was willst du mir damit sagen?«, frage ich und ziehe mich zurück, um in ihr schönes Gesicht zu schauen. Ihre Wangen sind feucht und in ihren Augen glänzen Tränen. Langsam senkt sie die Lider. »Was soll das bedeuten?«, hake ich nach, weil ich es wissen muss. Ich kann mir keine Hoffnungen machen, solange sie nicht hierfür bereit ist. Ich möchte nicht wieder von ihr weggestoßen werden.

»Ich habe Angst, dich zu verlieren, Denver.«

»Bre ...«

»Bitte.« Sie legt die Hand an meinen Kiefer. »Bitte lass mich ausreden.« Ich nicke. »Du wirst behaupten, dass ich dich nicht verlieren werde, aber ich weiß, dass nichts unmöglich ist.«

»Baby.« Das Wort klingt selbst in meinen Ohren abgehackt.

»Ich bin bereit, es zu versuchen. Ich bin bereit, uns eine Chance zu geben, sofern du mir noch eine geben willst.«

»Bre ...«, setze ich an, aber sie unterbricht mich noch einmal.

»Ich sage nicht, dass ich keine Kurschlussreaktionen mehr haben werde, die dich verärgern, aber ich verspreche, dass ich von nun an auch für uns kämpfe.«

»Bist du sicher?«

»Ja«, wispert sie.

»Und du hast ein paar Tage frei?«, hake ich nach, und sie nickt bestätigend.

»Ja, ich ... Wenn du mich allerdings nicht mitnehmen willst, verstehe ich das.«

»Ich muss eigentlich nicht arbeiten, aber ich habe Treibstoff und einen vollen Kühlschrank. Was hältst du davon, ein paar Tage mit mir auf dem Wasser zu verbringen?«

»Du hast mich angelogen?«

»Du hast mich umgebracht, Baby.« Ich berühre ihr Gesicht, und Reue erfüllt ihren Blick. »Ich weiß, dass du ihm gehört hast, daran musst du mich nicht erinnern. Ich will nicht hören, dass er etwas bekommen hat, das von Anfang an mir gehören sollte.«

»Wie bitte?«, haucht sie und krallt die Finger vorn in mein Hemd.

»Ich hätte all diese Dinge mit dir teilen sollen, Bre. Alles, was er zuerst haben durfte.« Ich beobachte, wie sich ihr Gesichtsausdruck verändert, kann ihn aber nicht richtig deuten. »Was?«

»Auf dieser Party, zu der du mich eingeladen hast, habe ich dich mit Pamela gesehen.«

»Mit wem?«

»Pamela«, wiederholt sie, und ich runzle die Stirn. »Sie war in deiner Klasse. Ein Model. Nach dem Abschluss ist sie nach New York gezogen.« Ich starre sie an und lese in ihrem Blick, dass ich wissen sollte, von wem sie spricht. Ich habe allerdings keine Ahnung. »Du hast sie geküsst. Auf der Party in Lincolns Haus. Ich habe es zufällig durch das Fenster gesehen, als ich mit Gabe auf der Terrasse war.«

»Die Nacht, in der du mit Gabe zusammengekommen bist?«, frage ich leise, als sich die Ereignisse jener Party wie ein Film vor meinem geistigen Auge abrollen. Bre, die ich in jener Nacht um ein Date bitten wollte. Meine betrunkenen Freunde, die mir zuriefen, mit ihnen zu trinken. Pam, die nervige Tussi aus meiner Klasse, die ihre Arme um meinen Nacken schlingt und versucht, mich zu küssen. Ich habe sie weggestoßen, bevor ich nach Bre gesucht und herausgefunden habe, dass sie mit Gabe gegangen war. Am nächsten Tag erzählte Gabe jedem, dass Bre ihm gehörte. »Fuck.«

»Erinnerst du dich wieder?«

»Ich habe sie nie geküsst«, knurre ich.

»Ich habe euch gesehen«, flüstert Bre und mustert mich.

»Nein, du hast gesehen, wie *sie* versucht hat, *mich* zu küssen. Dass ich sie abgewehrt habe, ist dir offensichtlich entgangen.«

»Was?«

»Fuck. Was zur Hölle?«

»Ich ... ich habe es gesehen.«

»Nein, hast du nicht.«

»Aber ...«

»Gabe hat dich an diesem Abend um ein Date gebeten.«

»Ich ...«

»Du hast etwas beobachtet und voreilige Schlüsse gezogen. Dann hat Gabe dich gefragt, ob du mit ihm ausgehen willst.« Ich fahre mir mit den Fingern durch die Haare. »Verdammter Mist.«

»Denver.«

»Scheiße ... Ich hatte vor, dich in dieser Nacht zu meiner Freundin zu machen. Ich wollte ...«

»Bitte hör auf«, fällt sie mir ins Wort, schlingt die Arme um mich und lehnt den Kopf an meine Brust. »Bitte.«

»Du hättest zu mir gehören sollen.« Ich vergrabe das Gesicht an ihrem Nacken, überwältigt von den Gefühlen, die mich durchströmen. »Du hättest zu mir gehören sollen.«

»Es tut mir so leid. Ich ...«

»Nicht«, knurre ich und bringe etwas Abstand zwischen uns, um sie anzusehen. »Ohne ihn und deine Vergangenheit gäbe es keine Lyra, und daran will ich nicht denken.« Tränen laufen ihr über die Wangen. »Keine Tränen mehr.« Ich nehme ihr Gesicht in die Hände und verteile Küsse auf ihrer feuchten Haut, dann drücke ich die Lippen auf ihre gesenkten Lider. Erst als sie sich beruhigt hat, ziehe ich mich zurück. »Ich mache das Boot startklar. Möchtest du hier oben bleiben oder unten warten?«

»Wohin geht unsere Reise?«

»Keine Ahnung.« Ich lächle. »Das wissen wir, wenn wir da sind.«

»Okay.«

»Okay.« Ich küsse sie noch einmal, einfach nur weil ich es kann. »Steh auf, Baby. Ich trage deine Tasche runter und bringe uns hier raus.«

Sie nickt und rutscht von meinem Schoß. Ich sehe zu, wie sie in meinem Stuhl Platz nimmt, dann treffe ich alle Vorkehrungen, um den Hafen zu verlassen. Sobald wir abfahrbereit sind, gehe ich zurück ins Steuerhaus und bugsiere sie wieder auf meinen Schoß. Dort bleibt sie, bis wir die abgelegene Bucht erreichen, in der ich schon ein paar Mal zum Fischen war.

Sobald ich eine gute Stelle gefunden habe, lasse ich den Anker fallen und hole von unter Deck zwei Schlafsäcke. Ich nehme sie mit nach oben und setze sie ab, bevor ich nach Bre sehe. Als ich die Tür zum Steuerhaus öffne, trifft ihr Blick auf meinen, und sie ergreift meine ausgestreckte Hand.

»Was tust du da?«, fragt sie während sie mich dabei beobachtet, wie ich aus zwei Schlafsäcken einen mache.

»Vertrau mir einfach.« Ich breite mein Werk auf dem Boden aus und ziehe ihr den Kapuzenpulli über den Kopf. »Rein mit dir«, weise ich sie an, und sie mustert erst den Sack, dann mich, bevor sie sich wortlos hineinlegt. Ich rutsche neben sie, schließe den Reißverschluss und ziehe sie an mich.

Sie legt den Arm um meine Mitte und bettet ihren Kopf auf meiner Schulter. »Weißt du viel über die Sternbilder?«, fragt sie.

Ich schaue zu ihr hinunter und sie zu mir hoch. »Ein wenig.«

»Habe ich dir je erzählt, wie ich auf Lyras Namen gekommen bin?«, hakt sie nach und lässt ihr Kinn auf meine Brust sinken.

»Nein«, antworte ich leise und halte ihren Blick fest.

»Eine Lyra ist im Grunde eine Harfe. Orpheus, aus der griechischen Mythologie, spielte eine. Er heiratete Eurydike, die er wirklich geliebt hat. Eines Tages wurde sie von einer giftigen Schlange gebissen und starb.« Aubrey lehnt sich zurück und blickt zu den Sternen hinauf. »Orpheus war so verzweifelt über ihren Tod, dass er in die Unterwelt hinabstieg, um sie zurückzuholen. Dort verzauberte er die Götter mit seiner Musik, und sie gewährten ihm seine Bitte – unter einer Bedingung. Er durfte seine Frau nicht ansehen, bis sie die Unterwelt verlassen hatten.«

»Hat er das geschafft?«

Sie schüttelt den Kopf, und fährt mit leiser Stimme fort: »Nein. Er drehte sich um, um nachzusehen, ob sie ihm folgte. Als er das tat, machte sie kehrt, und er war gezwungen, ohne sie zu gehen.«

»Was hat er dann getan?«

»Er nahm sich das Leben, um bei ihr zu sein, und als er starb, bekam seine Lyra von Zeus einen Platz in den Sternen.«

»Fuck«, entfährt es mir und ich spüre, wie sich meine

Brust zusammenzieht. »Du bist immer noch in ihn verliebt.«

»Was?«, entgegnet sie, und ich sehe, wie sie die Brauen zusammenzieht.

»Du bist immer noch in ihn verliebt.«

»In wen?«, hakt sie verwirrt nach.

»Gabe.«

Ihr Blick wird sanfter und sie nähert ihr Gesicht dem meinen. »Ich liebe ihn.« Sie legt die Hand an meinen Kiefer. »Ich werde ihn immer lieben, aber ich bin nicht *verliebt* in ihn, Denver. Er ist nicht hier. Schon lange nicht mehr und er wird nie zurückkommen.« Sie sieht für einen Moment zur Seite. »Ich gab Lyra ihren Namen, weil ich Orpheus' Liebe für Eurydike wunderschön fand. Gleich nachdem ich von meiner Schwangerschaft erfahren hatte, wusste ich, dass ich alles in meiner Macht Stehende tun würde, um Lyra bei mir zu behalten, um sie in Sicherheit zu wissen und sie immer zu beschützen.« Erneut bettet sie den Kopf an meiner Schulter. »Du weißt, dass die Beziehung zwischen meiner Mutter und mir nicht gut ist. Ich möchte nie so sein wie sie oder dass sich Ly so fühlt, wie ich mich bis heute fühle.«

»Was meinst du?«, hake ich nach. Ich kenne die Geschichten über ihre Mutter, wie sie ihre beiden Kinder verletzt hat, weil sie nicht da war. Allerdings hat Bre mit mir nie über ihre Beziehung zu ihrer Mom gesprochen.

»Ich weiß nicht, ob sie mich liebt. Sie hat es mir nie wirklich gezeigt. Vermutlich tut sie es auf ihre Weise, aber das ist nicht genug.«

»Du bist überhaupt nicht wie deine Mutter, Baby.«

»Ja, aber ich will auch nie so werden. Was mich beunruhigt, ist ...« Ihre Worte werden leiser und ihr Körper füllt sich mit Spannung.

»Was beunruhigt dich?«, frage ich leise mit Blick zur ihr und sehe, wie sich ihre Augen schließen. »Sag es mir.«

Sie schaut zu mir auf. »Einer der Gründe, warum ich versucht habe, mich von dir fernzuhalten, ist, dass ich befürchte, mich zu sehr in dich zu verlieben. So sehr, dass ich Ly vernachlässige, so wie meine Mutter es mit mir getan hat, wann immer sie einen neuen Mann fand. Das macht mir Angst.«

»Das würde nie passieren«, sage ich, und als sie den Mund aufmachen will, drücke ich den Daumen auf ihre Lippen. »Bevor du mir erklärst, dass ich das nicht mit Sicherheit weiß: Ich weiß es. Ich habe noch nie eine Mutter gesehen, die sich so sehr um ihr Kind kümmert, wie du es tust. Ja, ich will alles von dir, jeden Teil von dir, Lyra miteingeschlossen. Ich möchte auf dem aufbauen, was wir bereits haben. Ich will, dass wir eine Familie sind. Wir *drei* zusammen. Lyra ist mir wichtig. Ich liebe sie, wie mein eigenes Kind. Seit ich sie das erste Mal in den Armen hielt, will ich mich um sie kümmern und sie beschützen. Das wird sich nicht ändern, für keinen von uns.«

»Du möchtest, dass wir eine Familie sind?«, flüstert sie, und ich ziehe sie näher zu mir.

»Ich kann verstehen, dass es dir Angst macht, aber ich will all das und mehr, Bre. Und eines Tages – nicht morgen oder übermorgen – werde ich dich zu meiner Frau machen. Dann schenken wir beide Lyra einen Bruder oder eine Schwester. Ich möchte den Rest meines Lebens damit verbringen, dich glücklich zu machen.«

»Ich sage dir das nur ungern noch einmal, aber das geht alles ziemlich schnell.«

Lächelnd streiche ich über ihre Wange. »Wir haben genug Zeit, und das ist nicht schnell. Denk an die letzten Jahre, deine Gefühle für mich und meine Gefühle für dich. Ich weiß schon lange, was ich will. Ich habe nur darauf gewartet, dass du auch dafür bereit bist.«

»Du bist dir sicher?«

»Baby, seit Gabes Anruf von jenem Abend war ich mit niemandem zusammen, ich habe es nicht einmal versucht.«

»Was? Aber ich dachte ...«

»Niemand«, unterbreche ich sie. »Meine Eltern wissen es, und deine Familie auch. Verdammt, wahrscheinlich weiß jeder in der Stadt, dass du und nur du die Eine für mich bist.«

»Ich glaube, ich muss weinen.« Tränen steigen ihr in die Augen, und ich drücke ihr Gesicht in meine Halsbeuge.

»Dafür gibt es keinen Grund. Wie ich schon sagte, ich weiß, dass du es für mich bist. Auch wenn du denkst, es würde zu schnell gehen, glaub mir, für mich könnte es nicht schnell genug sein.« Ich küsse sie auf den Kopf und schließe die Augen, genieße das Gefühl, sie in meinen Armen zu halten, denn genau hier gehört sie hin.

8. Kapitel

Aubrey

Ich erwache und rieche den Ozean, höre das Rauschen der Wellen und spüre, wie sich Denvers Brustkorb unter mit hebt und senkt. Es fühlt sich an wie ein Déjà-vu, mit der Ausnahme, dass ich von keinen Fluchtgedanken geplagt werde. Alles, was ich empfinde, ist Zufriedenheit.

Langsam hebe ich die Lider und blicke direkt auf Denvers starken Hals. Der Drang, mit meiner Zunge darüberzufahren, ist überwältigend, dennoch kämpfe ich dagegen an. Ich wende den Kopf zur anderen Seite und schaue mich um. Keine Ahnung, wie ich in sein Bett gekommen bin. Er muss mich nach unten getragen haben, da ich während unseres Gesprächs eingeschlafen war. Ich kuschle mich enger an ihn und atme seinen Geruch ein, eine Mischung aus salziger Seeluft und intensivem, holzigem Moschus. Einfach umwerfend, und an ihn gepresst zu sein, seine Arme fest um mich gelegt, fühlt sich an, als würde ich aus einem Traum erwachen. Die Art von Traum, die ich schon vor Jahren aufgegeben habe, lange bevor Gabe in mein Leben getreten ist.

Ich beiße mir auf die Unterlippe, als sich mein Magen etwas verkrampft. Im Stillen erinnere ich mich daran, dass es in Ordnung ist, glücklich zu sein. Außerdem habe ich Denver gestern Abend versprochen, für uns zu kämpfen, und das werde ich auch. Als er mich gestern auf meiner Couch zurückgelassen hat, wusste ich, dass er diesmal nicht zurückkommen würde. Ich hatte es geschafft, ihn für immer von mir zu stoßen. Etwa fünf Sekunden lang versuchte ich mir einzureden, dass ich das wollte, aber der Schmerz, der auf meiner Brust lastete, war schlimmer als der Schmerz, den ich empfand, als ich Gabe verloren habe.

Bevor ich wusste, was ich tat, rief ich Shel an. Ich schluchzte kurz ins Telefon, dann war die Leitung tot und nur einen Augenblick später war sie bei mir. Als sie durch die Haustür kam, rannte ich zu ihr und weinte in ihren Armen. Ich erzählte ihr unter Tränen, was geschehen war – zumindest das meiste davon. Den Teil mit dem besten Orgasmus meines Lebens ließ ich weg, aber ich gestand ihr, dass ich ihn mit Absicht verletzt habe, er gegangen war und mit Sicherheit nicht zurückkommen würde. Als ich ihr das sagte, riet sie mir, was ich bereits wusste: Ich musste ihm nachgehen und einen Weg finden, die Dinge zwischen uns wieder in Ordnung zu bringen.

Sie schob mich in Richtung meines Schlafzimmers und wies mich an, eine Tasche zu packen, während sie Joe anrief und sie nach Denvers Plänen aushorchte. Joe hörte zum ersten Mal davon, dass Denver mit dem Boot rausfahren wollte. Da er sie sonst immer informierte, wenn er in See stach, wusste ich, dass noch eine Chance bestand. Ich würde alles tun, um ihn zu erwischen, bevor er weg war.

Shel beendete ihr Telefonat mit Joe und rief Lulu an, um ihr mitzuteilen, dass ich am Montag nicht zur Arbeit kommen würde. Keine Ahnung, was sie zu Lulu gesagt hat, aber ich bin sicher, dass ich meiner Chefin am nächsten Arbeitstag Rede und Antwort stehen darf. Sie hat bestimmt eine Million Fragen an mich. Und das ein oder andere *Ich hab's dir ja gesagt.* Shels nächstes Gespräch führt sie mit meinem Vater, während ich zu Ende packte. Sie sagte ihm, dass ich eine Mitfahrgelegenheit zum Hafen brauchen würde. Dad stellte keine Fragen, was mich sehr überraschte. Er brachte mich zum Dock, und als ich aus seinem Truck stieg, versicherte er mir, dass er nur mein Glück wollte.

»Worüber denkst du nach?«, höre ich Denver mit rauer Stimme fragen, was mich zurück ins Hier und Jetzt befördert. Ich neige den Kopf und schaue in seine verschlafenen Augen. Nie hätte ich gedacht, dass er noch heißer aussehen könnte als ohnehin schon. Doch sein warmer, noch müder Blick und sein zerzaustes Haar beweisen mir das Gegenteil.

»Nichts.« Ich lasse den Kopf auf seinen Oberkörper sinken, und er drückt mich noch fester an sich.

»Du denkst doch nicht ans Abhauen, oder?«, will er wissen, was ich verneine. »Gut. Nicht, dass du irgendwo hinkönntest, wir sind hier mitten im Nirgendwo.« Er streicht mir über den Hinterkopf, dann spüre ich seine Lippen auf meinem Haaransatz, und muss lächeln. »Hungrig?«

»Ein bisschen«, antworte ich leise. Eigentlich bin ich am Verhungern, aber ich riskiere lieber ein Magenknurren, als mich von meiner gemütlichen Position wegzubewegen.

»Ich muss oben nach dem Rechten sehen, danach besorge ich uns etwas zu essen und richte dir das Satellitentelefon ein, damit du Lyra anrufen kannst.«

Tränen wallen auf, als mir erneut klar wird, welch eine Idiotin ich doch war. Ich hätte ihm von Anfang an vertrauen sollen. »Danke.«

Er berührt mein Kinn, und ich hebe den Blick zu seinem. Der Ausdruck in seinen Augen wird sanfter. »Lass uns aufstehen, damit du unser Mädchen anrufen kannst.«

»Klar«, stimme ich zu, rühre mich aber nicht und er genauso wenig. Wir starren uns einfach nur an. Keine Ahnung, wer sich zuerst vorbeugt, aber plötzlich liegt sein Mund auf meinem. Der Kuss ist zärtlich, langsam und sinnlich. Als er mich auf den Rücken dreht und seinen Mund von meinem nimmt, hebe ich blinzelnd die Lider. Sein Blick ruht auf mir und scheint etwas zu suchen, aber ich kann nicht sagen was. Dann lehnt er seine Stirn gegen meine und ich erkenne, dass er es gefunden hat. »*Mein.* Fuck. Endlich gehörst du zu mir.«

Ein *Dein* liegt mir auf den Lippen, doch bevor ich es aussprechen kann, erobert er meinen Mund in einem weiteren Kuss. Ich weiß nicht, wie lange wir im Bett liegen und rummachen, aber schließlich löst sich Denver mit einem Stöhnen von mir. Unser beider Atem kommt schwer, dann gibt mein Magen ein forderndes Knurren von sich.

»Als ich vorhin sagte, ich hätte nur ein bisschen Hunger ... nun, das war eventuell gelogen«, gebe ich zu, als sich mein Magen erneut zu Wort meldet.

Laut lachend steht Denver vom Bett auf und zieht mich mit sich. »Das Badezimmer ist dort.« Er nickt in Richtung der kleinen Tür im hinteren Teil der Kabine. »Wenn ich nicht schon hier unten warte, sobald du fertig bist, komm rauf.«

»Okay.«

»Okay.« Er streicht mir eine Haarsträhne hinters Ohr, beugt sich vor und küsst mich auf die Stirn. Dann verschwindet er nach oben. Mit einem tiefen Atemzug gehe ich zu meiner Tasche, hole meine Zahnbürste heraus und nehme sie mit ins Bad. Nachdem ich mich frisch gemacht habe, ziehe ich mir eine Leggings und ein langärmeliges Oberteil mit einem runden Ausschnitt und einer Kapuze an. Ich bürste mir die Haare und stecke sie zu einem Dutt hoch, dann laufe ich nach oben.

Als ich das Oberdeck erreiche, sitzt Denver im Steuerhaus, also gehe ich direkt zu ihm. Er sieht mich kommen, lächelt durch die Scheibe und lotst mich mit einer Handbewegung hinein. Sobald ich in seiner Reichweite bin, zieht er mich auf seinen Schoß. Ich lausche eine Weile, wie er über das CB-Funkgerät von Fischen und das bevorstehende Wetter spricht, danach kann ich mich nur noch schwer darauf konzentrieren, weil seine Finger unter den Saum meines Shirts gleiten und über meine Haut streicheln. Eine Gänsehaut breitet sich auf meinem Körper aus, und als er die Lippen gegen meinen Hals drückt, stockt mir der Atem. Stöhnend neige ich den Kopf zur Seite und präsentiere ihm mehr von meiner Haut.

Als seine Liebkosung endet, werfe ich einen Blick über

meine Schulter zu ihm und bemerke sein Lächeln. Ich habe ihn schon oft lächeln sehen, allerdings noch nie so wie jetzt. Er wirkt glücklich, zufrieden, als wäre er genau da, wo er sein will.

Dann verdeckt das Mikrofon des Funkgeräts wieder seinen Mund. Er drückt auf den Knopf an der Seite, um zu sprechen. »Walt, ich muss los. Viel Glück heute da draußen. Pass auf dich auf, Mann.« Er steckt das Gerät zurück in die Halterung und legt die Hand in meinen Nacken, um mein Gesicht näher an seines zu bringen. »Was ist los?«

»Ich ... Du bist glücklich«, platze ich wie eine Vollidiotin heraus, und er zieht die Brauen zusammen.

»Was?«

»Ich meine, du ... du scheinst einfach sehr glücklich zu sein.«

»Wie auch nicht? Immerhin bist du hier bei mir«, sagt er, als würde es ihm alles bedeuten, mich bei sich zu haben. Ich spüre, wie meine Unterlippe zu zittern beginnt. Er liebt mich wirklich. Was zum Teufel stimmte nicht mit mir? Warum bemerke ich erst jetzt, welche Verbindung zwischen uns besteht? »Alles okay?«

»Nein. Ich glaube, ich muss wieder weinen«, antworte ich wahrheitsgemäß, und seine Miene wird sanfter. »Ich ... ich weiß nicht, warum mir diese Sache zwischen uns nicht schon früher aufgefallen ist.«

»Du warst noch nicht so weit«, erwidert er, und mein Blick wandert an ihm vorbei zum Meer, dem Land und die Bäume dahinter. »Sieh mich an, Baby.« Ich komme seiner Aufforderung nach. »Es ist an der Zeit, weiterzuziehen.« Ich nicke, und er beugt sich vor und streift mit seinen Lippen über meine. »Komm schon.« Er hilft mir von seinem Schoß. »Lass uns etwas essen, dann rufen wir Lyra an.«

»Bitte sag mir, dass du Kaffee hast«, flehe ich, während er mir voran die Treppe hinuntergeht.

»Ich habe Kaffee.« Er zwinkert mir über seine Schulter zu.

Unten angekommen, zeigt er mir, wo er seine Kaffeekanne aufbewahrt, und verschwindet ins Badezimmer. Ich höre, wie er den Wasserhahn aufdreht. Während mein Morgentrunk vor sich hin brüht, mache ich das Bett, packe meine Tasche zusammen und räume sie aus dem Weg. Da der Platz hier unten sowieso spärlich bemessen ist, wirkt er noch kleiner, wenn überall Zeugs in der Gegend herumliegt.

Als Denver aus dem Bad kommt, gibt er mir einen flüchtigen Kuss und reicht mir eine Tasse Kaffee sowie das Satellitentelefon. Als ich es an mein Ohr halte, höre ich bereits den Wählton.

»Hallo«, antwortet Shel nach dem zweiten Klingeln.

»Hey, Shel. Ist Ly schon wach?«, frage ich und beobachte, wie Denver eine Schüssel mit Antihaftspray besprüht, zwei Eier darin aufschlägt, bevor er sie in die Mikrowelle stellt.

»Ja, sie frühstückt gerade. Geht es dir gut?«

Ich fange Denvers Lächeln auf und in meinem Bauch beginnen Schmetterlinge aufgeregt umherzuflattern. »Auf jeden Fall«, flüstere ich ins Telefon.

»Ihr habt euch also ausgesprochen?«, hakt sie

hoffnungsvoll nach. *Gott, ich liebe sie.*

»Das haben wir.«

»Gut.« In ihrer Stimme schwingt Erleichterung mit. »Einen Moment, Süße. Hier ist Lyra. Ich hab dich lieb, Schatz.«

»Ich liebe dich auch.«

»Mommy.«

»Hey, Liebes, alles klar bei dir?«

»Grandpa hat mir Kuchen zum Frühstück gegeben«, antwortet sie, und ich höre Dad im Hintergrund sagen, dass es ein Geheimnis bleiben sollte. Ich höre mein Mädchen kichern.

»Ich vermisse dich.«

»Grandma sagt, du bist mit Denver auf seinem Boot.«

»Das bin ich«, stimme ich zu.

»Ich möchte auch auf seinem Boot mitfahren.«

»Bald, Schätzchen.«

»Kann ich mit ihm sprechen?«

»Natürlich«, erwidere ich amüsiert. »Einen Moment. Hab dich lieb.«

»Hab dich auch lieb, Mom.«

Ich halte Denver das Telefon hin. »Ly möchte mit dir sprechen.«

»Hey, Hübsche«, nimmt er den Anruf entgegen und zwinkert mir dabei zu. »Ich vermisse dich mehr.« Er lacht und schüttelt den Kopf. »Versprochen. Du und deine Mom übernachten diesen Sommer einmal auf meinem Boot. Genau.« Er schüttelt wieder den Kopf, dann wird seine Miene sanfter. »Ich liebe dich auch. Ich rufe dich bald wieder an.« Er gibt mir das Telefon zurück.

»Du fehlst mir, Liebes«, sage ich noch einmal.

»Sie ist schon weggelaufen, um zu spielen«, höre ich Shels Stimme und lächle. Sieht aus, als hätte man mich schon vergessen.

»Küss und umarme sie für mich.«

»Wird gemacht. Viel Spaß.«

»Ich werde es versuchen. Und Shel?«, rufe ich, bevor sie auflegen kann.

»Ja, Schatz?«

»Danke ... für alles.«

»Jederzeit. Das weißt du doch.« Tue ich, und mir ist klar, wie glücklich ich mich schätzen kann. Was meine Mutter angeht, habe ich vielleicht nicht das beste Los gezogen, aber Shel ist die beste Stiefmom, die sich ein Mädchen wünschen kann. »Hab dich lieb, Süße. Wir sehen uns bald wieder.«

»Bis bald.« Ich lege auf und beobachte, wie Denver ein Stück Brot aus dem Toaster nimmt, mit Mayo bestreicht, die in der Mikrowelle gebratenen Eier darüberlegt und alles mit einer Scheibe Käse abrundet.

»Hier.« Er reicht mir das in ein Papiertuch gewickelte Sandwich. Ich hätte nie gedacht, dass Mikrowelleneier gut schmecken können, aber nach einem Bissen stelle ich fest, dass sie fluffig und überraschend lecker sind. »Gut?«, fragt er und macht sich ein eigenes Sandwich.

Ich kaue und schlucke, bevor ich antworte. »Ja, sehr. Wer hätte gedacht, dass Eier in der Mikrowelle so fantastisch werden.«

»Typisches Fischerfrühstück.« Er grinst. »Wenn wir tagelang hier draußen sind, müssen wir uns etwas einfallen lassen, um nicht zu verhungern. Das Rezept stammt von mir. Ich habe lange gebraucht, um herauszufinden, dass ich die Schüssel mit Kochspray einsprühen muss, bevor ich die Eier verrühre, damit sie nicht kleben bleiben. Nun bin ich für alles vorbereitet.«

»Gut zu wissen.« Ich lächle, als er sich neben mich aufs Bett setzt, um mit mir zu frühstücken. »Was machen wir heute?«, frage ich zwischen zwei Bissen.

»Das«, antwortet er und deutet mit einer Fingerbewegung auf mich.

»Das?«

»Was wir gerade tun. Ich wollte immer nur, dass wir beide Zeit miteinander verbringen.«

Gott, wenn er weiterhin solche Dinge sagt, werde ich weinen wie die Mädels in den kitschigen Liebesfilmen, die Shel so gerne guckt. »Klingt gut.« Ich spüre einen Kloß in meinem Hals und schlucke dagegen an.

»Wirst du weinen?«

»Nein«, lüge ich.

Er grinst, beugt sich vor und küsst mich auf die Schläfe, bevor er mir in die Augen sieht. »Die sehen ein bisschen feucht aus.«

»Wie auch immer.« Ich verdrehe die Augen und unterdrücke ein Lächeln, als er zu lachen beginnt.

»Ich habe meinen Laptop und ein paar Filme dabei. Wir können uns ins Bett legen und etwas anschauen. Später können wir hochgehen und versuchen, uns ein Abendessen an Land zu ziehen.«

»Wirklich?«

»Ja.« Er steht auf und holt eine DVD-Mappe aus einem

der Schränke. Ich nehme sie und blättere durch etwa hundert verschiedene Filme, ein paar von der gruseligen Sorte, die meisten sind Actionfilme. Ich entscheide mich für einen der Horrorstreifen und wir machen es uns zusammen auf dem Bett gemütlich. Wir gucken etwa die Hälfte des Films, dann machen wir rum, bis wir aufstehen und uns um das Abendessen kümmern.

Denver hat Recht behalten. Auch wenn ich mein Mädchen wie verrückt vermisse, fühlt sich dieser Tag perfekt an, weil ich ihn mit ihm verbringe.

9. Kapitel

Denver

Ich sitze mit Bre im Steuerhaus, sie auf meinem Schoß, und wir schauen gemeinsam auf den Ozean hinaus. Ich weiß nicht, was sie denkt, aber vielleicht, dass diese letzten paar Tage verdammt perfekt waren und viel zu schnell zu Ende gehen werden.

»Bist du bereit, morgen Früh in die Stadt zurückzukehren?«, fragt sie, als ich ihr durch die Haare streiche, und ich halte inne.

Nein, bin ich nicht. Ich wünschte, wir könnten für immer hier draußen bleiben, und wenn Lyra bei uns wäre, würde ich unseren Trip zumindest für ein paar Tage verlängern. Doch genau wie Bre vermisse ich unser Mädchen, und da bald eine weitere Angelsaison beginnt, muss ich wohl oder übel zurück.

»Nein«, antworte ich, und sie sieht mich über ihre Schulter an. »Was ist mit dir?«

»Ich vermisse Ly wie verrückt, aber es war schön. Ich verbringe gern Zeit mit dir hier draußen. Ich wünschte, wir könnten noch etwas bleiben.« Sie lehnt den Kopf an meine Schulter und schlingt die Arme um mich.

»Wie ich Ly versprochen habe, werden wir sie diesen

Sommer für eine Nacht hierher mitnehmen, und vielleicht können wir noch mal nur zu zweit rausfahren.«

»Das wäre schön«, stimmt sie zu und atmet tief durch. »Wenn wir zurück sind, muss ich mit Gabes Eltern sprechen.«

»Worüber?«, hake ich nach, weil sie so angespannt klingt.

»An Lys Geburtstag fragten sie mich, ob sie Ly diesen Sommer zwei Wochen mitnehmen könnten, um Gabes Großmutter in Vegas zu besuchen. Ihr geht es wohl nicht so gut, und sie wollen, dass Ly sie kennenlernt, bevor es zu spät ist.«

»Erlaubst du es ihnen?« Bei dem Gedanken an Lyra, die mit zwei beinahe Fremden auf Reisen geht, wird mir mulmig. Auch wenn sie ihre Großeltern sind, haben meine Mutter und mein Vater seit Lyras Geburt mehr Zeit mit ihr verbracht als Gabes Eltern.

»Nein, daher muss ich mit ihnen reden. Meine Antwort wird sie nicht glücklich stimmen.«

»Sie werden es verstehen«, sage ich leise und reibe über ihren Rücken.

»Werden sie nicht, aber mir gefällt der Gedanke nicht, so lange von Ly getrennt zu sein. Oder dass mein Mädchen so lange mit ihnen allein ist, mit einer so großen Entfernung zwischen uns. Ich bräuchte mindestens einen Tag, um zu ihr zu gelangen, falls etwas passiert.«

»Glaubst du, sie würden ihr wehtun?«

»Nein, natürlich nicht. Nur sind sie nicht wie die meisten Großeltern.« Sie neigt ihren Kopf zurück und sieht mich an. »Im Vergleich zu ihnen wirkt sogar meine

Mutter wie die Mom des Jahres, und du weißt, wie verrückt das klingt.« Sie runzelt die Stirn. »Sie umarmen sich nicht einmal.«

»Wie bitte?«

»Sie umarmen und berühren sich nicht. Sie zeigen überhaupt keine Zuneigung. Ly ist an Nähe dieser Art gewöhnt, dass man sie nachts zudeckt und morgens beim Aufwachen mit ihr kuschelt.« Was ich weiß, weil ich das seit dem Tag ihrer Geburt mit ihr mache. »Ein Teil von mir möchte sie mit ihnen gehen lassen, denn ich habe ihren Sohn geliebt und fühle mich etwas schuldig, weil Ly ihn nie wirklich kennenlernen wird. Wenn ich es ihr erlaube, wird sie mit Sicherheit nach der ersten Nacht ausflippen. Ich kenne mein Mädchen.«

»Du hast keinen Grund, dich schuldig zu fühlen«, sage ich eindringlich, und ihr Blick trifft wieder auf meinen. »Du warst mit ihrem Sohn verheiratet, nicht mit ihnen. Sie hatten die Möglichkeit, eine Rolle in Lyras Leben einzunehmen, und haben sich bewusst für ihr derzeitiges Verhältnis zu ihrer Enkeltochter entschieden. Du hast ihnen jede Gelegenheit gegeben, in ihrer Nähe zu sein, aber sie haben sie nicht wirklich genutzt.«

»Das weiß ich, aber ...«

»Nein.« Ich schüttle den Kopf und streiche ihr über die Wange. »Kein Aber. Ich bin nicht oft mit ihnen zusammen gewesen, aber auf Lyras Party haben sie nicht viel Zeit mit ihr verbracht. Sie haben nicht versucht, mit den anderen Menschen zu sprechen, die Lyra in ihrem Leben zur Seite stehen. Sie kamen, standen in der Ecke und blieben für sich. So sind sie, und ich verstehe das, aber für nichts davon musst du dich schuldig fühlen. So wäre es auch, wenn Gabe noch leben würde. Dass sie dich bitten, Lyra für zwei Wochen aus ihrem gewohnten Umfeld zu nehmen, damit sie Zeit mit ihnen und ein paar Fremden verbringen kann, zeigt nur, dass es ihnen egal ist, wie sich das auf Ly auswirken könnte. Wenn sie älter wäre, hätte ich vielleicht ein bisschen mehr Verständnis, aber sie ist erst vier Jahre alt. Sie würde es nicht verstehen und wahrscheinlich wäre sie von der Situation traumatisiert. Und das lasse ich auf keinen Fall zu.« Als ich zu Ende gesprochen habe, fällt mir auf, dass Bre mich eindringlich mustert.

»Du liebst sie.«

»Du weißt, dass ich das tue.«

»Nein.« Sie schüttelt den Kopf. »Ich meine, du liebst sie *wirklich*. So wie ich sie liebe.«

Verständnis erfüllt meine Brust, und ich streichle über ihre Wange, während ich mein Gesicht näher an ihres bringe. »Baby, das tue ich, seit ich sie in meinen Armen gehalten habe. Von da an wusste ich, dass ich sie mit allem, was ich habe, beschützen würde. Sie ist nicht von mir, aber in meinem Herzen gehört sie zu mir. Ich liebe sie, als wäre sie mein eigenes Kind.«

»Sie liebt dich auch«, erwidert Bre.

»Ich weiß, und ich werde das für immer in Ehren halten. Das ist ein Geschenk, das ich nicht als selbstverständlich ansehe.«

»Mach weiter so und ich muss wieder weinen«, flüstert sie, während sich ihre Augen mit Tränen füllen. Ich weiß, dass ich nicht lachen sollte, aber ich kann es nicht verhindern. »Das ist nicht lustig.« Sie boxt gegen meine Schulter, und mein Lachen wird heftiger. »Wegen dir heule ich wie ein Baby.«

»Du bist kein Baby. Bei dir ist im Moment nur viel los.«

»Das wird mein neues Mantra, damit ich mich nicht wie eine Idiotin fühle, weil ich in deiner Nähe alle fünf Minuten weinen muss.«

»Meinst du, du kannst mit dem Weinen aufhören, während wir das Abendessen planen?«

»Vielleicht.« Sie zuckt mit den Schultern und formt einen Schmollmund. »Was gibt es denn?«

»Ich glaube, ich habe noch ein paar Lachssteaks im Kühlschrank. Und etwas von dem Salat, den du so magst.«

»Den mit Kartoffeln, Erbsen und Speck?«, fragt sie hoffnungsvoll.

»Genau den.«

»Vielleicht kann ich die Tränen dafür zurückhalten«, murmelt sie, und ich küsse sie, bevor ich ihr von meinem Schoß helfe. »Können wir hier oben essen und uns den Sonnenuntergang ansehen?«

»Wenn du das willst.« Ich folge ihr nach unten, und wir bereiten gemeinsam das besprochene Abendessen zu. Außerdem machen wir noch etwas Creamed Corn. Als alles fertig ist, nehmen wir unsere Teller mit nach oben und genießen den Meerblick. Die Sonne ist untergegangen, aber da der Sommer bereits naht, wird der Himmel nicht ganz schwarz werden. Es ist eine wunderschöne Nacht. Das Wasser ist ruhig und die Luft warm. Als wir mit dem Essen fertig sind, bringe ich unser Geschirr zurück in die Küche und stelle es in die kleine Spüle, bevor ich die Schlafsäcke aus dem Schrank hole.

»Oh mein Gott!«, höre ich Bre plötzlich rufen und lasse alles fallen. Ich nehme zwei Stufen auf einmal zum Oberdeck und schaue mich nach einer Bedrohung um. Als ich Bre am Bootsrand entdecke, halb darüber gebeugt, ihre Zehenspitzen berühren kaum noch den Boden, beginnt mein Herz so heftig zu pochen, als wollte es mir aus der Brust springen.

»Was zum Teufel tust du da?« Sie richtet sich auf, dreht sich mit großen Augen zu mir um und legt den Finger an die Lippen. *Was zum Teufel?*

»Komm her«, flüstert sie und winkt mich hektisch zu sich. Ich überbrücke die Distanz zwischen uns, höre ein Zischen und bleibe stehen. Dann schießt eine Wasserfontäne neben dem Boot hoch. »Wale! Da sind zwei Orcas.« Bre hüpft aufgeregt auf und ab. »Sei leise. Ich will sie nicht verscheuchen.« Sie dreht sich wieder um und beugt sich erneut über den Bootsrand.

Ich trete dicht an sie heran, lege den Arm um ihre Taille, um sie ruhig zu halten, und schaue zum Wasser hinunter. Schwarz-weiß schimmernde Walhaut taucht an der Oberfläche auf.

»Ich habe noch nie einen von so nah gesehen«, murmelt Bre, während sie ihre Hand ausstreckt, als könne sie den Orca berühren, der langsam wieder im dunklen Meer verschwindet. »Ich glaube, es ist ein Muttertier. Da ist noch ein kleinerer bei ihr.« Sie sucht das Wasser ab und zeigt auf eine Stelle. »Oh mein Gott, da ist er. Schau!«

Und tatsächlich, ein paar Meter entfernt kommen die

Mutter und ihr Kalb an die Oberfläche, stoßen einen Schwall Wasser aus, sodass ein Zischen die Luft erfüllt.

»Heiliger Bimbam.« Aubrey drückt ihre Stirn an meine und schlingt die Arme um meinen Körper. »Weißt du ...« Sie blickt zu mir auf. »... das bringt Glück.«

»Was?«

»Es soll ein gutes Omen sein, wenn man einen Orca sieht, und wir haben gerade zwei gesehen.« Sie lächelt mich an, und als ein weiteres Zischen von weiter weg kommt, schaut sie in die entsprechende Richtung.

»Es ist eine ganze Herde«, sage ich und beobachte, wie die Mutter und ihr Kalb zu den drei anderen großen Walen schwimmen, die in der Ferne zu sehen sind.

»Ich wünschte, ich hätte mein Handy oder eine Kamera dabei, um ein paar Fotos zu machen.«

»Ich habe eine Kamera im Steuerhaus.« Ich lasse sie los, um meine kleine schwarze Digitalkamera zu holen. Als ich zurückkomme, reiche ich diese Bre und beobachte, wie sie etwa zweihundert Bilder von den Walen schießt, die hin und her schwimmen, wahrscheinlich auf Nahrungssuche.

»Ly würde das gefallen«, sagt sie, während ich die Arme um Bres Taille lege und über ihre Schulter schaue. »Ich wünschte, sie wäre hier.« Sie zeigt mir eins der Bilder, dann klickt sie sich durch den Rest.

»Beim nächsten Mal.« Ich küsse sie auf den Hals und spüre, wie sie zittert. »Kalt?«

»Nein«, haucht sie.

»Hm.« Ich drücke die Lippen gegen ihren Hals und lächle, als sie erneut erschauert. Dann drängt sie ihren

Hintern gegen mein Becken und mein Schwanz zuckt.

Ich schiebe die Hände unter ihr Shirt und streichle über ihren Bauch, bevor ich die Finger unter den Bund ihrer Leggings gleiten lasse.

»Denver.«

»Ich bin hier, Baby.«

»Bitte berühre mich«, flüstert sie. Verdammt, seit wir auf dem Boot sind, haben wir viel rumgemacht, aber ich habe mich zurückgehalten, weil ich nichts überstürzen wollte. Doch der flehentliche Ton in ihrer Stimme bringt meine Kontrolle ins Wanken. »Bitte. Bitte berühre mich.«

Meine Erektion drückt schmerzhaft gegen den Reißverschluss meiner Jeans, während ich die Finger tiefer wandern lasse.

»Öffne deine Beine für mich«, knurre ich nah an ihrem Ohr. Sie neigt den Kopf zurück gegen meine Schulter und ein leises Keuchen verlässt ihren Mund, während sie meiner Aufforderung folgt. Ich tauche zwei Finger in ihre feuchte Hitze, bevor ich mit dem Daumen ihre Klit umkreise. Sie beginnt, ihre Hüften zu bewegen, und ich unterdrücke ein Stöhnen. »Ich will dich schmecken.«

»W-was?«, haucht sie und neigt den Kopf, um aus halb geschlossenen Lidern zu mir hochzusehen.

»Ich will dich schmecken, dich mit meinem Mund verwöhnen.« Als sich ihr Blick mit Verlangen und Sorge füllt, halte ich inne. Verdammt, ich sehe ihr an, dass sie das noch nie erlebt hat. Anstatt etwas zu sagen, das sie wahrscheinlich in Panik versetzen würde, erobere ich ihre Lippen und streichle wieder über ihre Mitte. Gott, sie ist so verdammt empfänglich, so verflucht heiß, feucht und bereit. Ich kann es kaum erwarten, endlich in ihr zu sein.

»Denver«, wimmert sie, als ich mit zwei Fingern tief in sie eindringe, ohne von ihrer Klit abzulassen. Ihre Pussy zieht sich zusammen, als sie heftig kommt und dabei die Kamera fallen lässt, die klappernd zu Boden geht. Bre sieht wunderschön aus, als sie von ihrem Orgasmus überrollt wird, und ich will das spüren. Sie schmecken, und ihr sagen, wie gut sie sich anfühlt, wie betörend sie ist.

»Meinst du, du schaffst es die Treppe runter?«

»Ich weiß nicht«, erwidert sie heiser, und ihre Schenkel zittern, als ich meine Finger langsam aus ihr herausziehe.

Ich drehe sie um und hebe sie hoch. Sie schlingt die Beine um meine Hüfte und drückt ihre Lippen auf meine. Ich halte inne, um sie zu küssen, ziehe mich jedoch zurück, bevor ich die Beherrschung verliere und sie hier an Deck nehme. »Es hat eine halbe Ewigkeit gedauert, dich neulich runterzutragen, als du hier eingeschlafen bist. Die Treppe ist verdammt schmal, also lass mich dich erst mal runterbringen.«

»Okay.« Sie vergräbt ihr Gesicht an meinen Hals, und als ich ihre Zähne spüre, stöhne ich auf.

Vorsichtig gehe ich nach unten, wo ich sie ohne zu zögern auf das Bett setze und ihr aus den Schuhen helfe. »Heb die Hüften, Baby«, verlange ich, die Finger in den Bund ihrer Leggings gehakt. Sie kommt meiner Bitte nach, und ich ziehe ihr den Stoff samt Slip aus.

Sobald sie von der Taille abwärts nackt ist, öffne ich ihre Beine und vergrabe mein Gesicht zwischen ihren Schenkeln. Ich weiß, dass ich in meinem Leben noch nie etwas Süßeres geschmeckt habe. Ich verwöhne sie mit meinen Zähnen, meiner Zunge und meinen Fingern und treibe sie an den Rand eines weiteren Höhepunkts.

Als sie die Hand in meinem Haar ballt und das Becken hebt, weiß ich, dass sie kurz davor ist. Ich schiebe einen, zwei, dann drei Finger in sie hinein und spüre, wie sich ihre Muskeln zusammenziehen, während sie sich gegen meinen Mund presst. Ich sauge hart an ihrer Klit, und sie kommt mit meinem Namen auf den Lippen. Ich ziehe mich von ihr zurück und küsse sie auf die Innenseite ihres Schenkels.

»Ich brauche dich«, keucht Bre und stützt sich auf die Ellenbogen.

»Zieh das Shirt aus«, verlange ich, und sie setzt sich auf und entblößt auch den Rest ihrer nackten Haut. Am liebsten würde ich sie gleich noch mal zum Schreien bringen, wie gerade eben. Mein Schwanz pocht. Ich ziehe die Stiefel aus, dann meine Jeans und Boxershorts, und zum Schluss mein Thermohemd. Ich werfe es beiseite, steige auf das Bett und positioniere mich zwischen ihren Beinen. Als ich ihre feuchte Hitze spüre, stöhne ich auf.

»Denver.« Sie schlingt Arme und Beine um mich und lehnt sich nach oben.

Ich küsse sie, während ich mit der Spitze meines Schwanzes über ihre Mitte streiche. »Fuck.« Ich schließe die Augen, als mich die Realität einholt. »Kondom. Ich habe kein verdammtes Kondom.«

»Was?« Sie windet sich unter mir, während sich ihre Beine fest um meine Hüften schließen, als hätte sie Angst, dass ich von ihr abrücken könnte. Was ich auch tun werde, nicht weil ich es will, sondern weil ich es muss.

Verdammtes Kondom.

»Nein, schon gut. Ich bitte dich. Bitte, ich will nicht, dass etwas zwischen uns ist.« Ihre Nägel graben sich in meinen Rücken und ihr Blick trifft meinen. »Bitte.«

»Scheiße.« Ich dringe in sie ein, nicht langsam, nicht in aller Ruhe, sondern hart. Ihre Augen leuchten auf und ihre Lippen teilen sich. Heiliger. Ich presse die Kiefer aufeinander, um mich nicht in ihr zu verlieren. Ich habe noch nie so etwas gefühlt wie das hier, in ihr zu sein, und es kostet mich alles, was ich habe, um mich nicht zurückzuziehen und sofort wieder in ihr zu versenken. »Geht es dir gut?«

»Gott, ja.« Ihre Hände wandern meine Brust hinauf und legen sich um meinen Nacken, dann hebt sie ihren Kopf und drückt ihren Mund gegen meinen. »Bitte beweg dich, Denver.«

Das tue ich nicht. Ich versuche, mir diesen Moment für immer zu verinnerlichen; ihren Geschmack, der noch auf meiner Zunge liegt, den Geruch ihrer Haut, das Gefühl ihrer feuchten Enge, den Blick in ihren Augen. »Ich liebe dich.« Ich spreche diese Worte aus, ohne darüber nachzudenken. Es ist nicht das erste Mal, dass ich ihr meine Liebe gestehe, aber hier und jetzt fühlt es sich um so vieles bedeutsamer an.

Ihre Miene wird sanfter und sie legt die Hand an meinen Kiefer. »Ich liebe dich auch. Schon immer.«

»Fuck.« Ich küsse sie und beginne, mich zu bewegen. Sie ist perfekt, alles an ihr ist so verdammt perfekt. Und ihre Pussy ist wie für mich gemacht. Ich unterbreche unseren Kuss und schaue auf unsere Verbindung.

»Berühre dich selbst, Bre«, verlange ich, und sie lässt zögernd die Finger an meinem Oberkörper nach unten gleiten, bevor sie leicht über ihre Klit streicht. »Berühre dich, Baby.« Ihre Bewegungen werden schneller, und ihre Augen fallen zu, als sich ihre Pussy zusammenzieht.

»Oh mein Gott«, keucht sie, spreizt die Finger, um unsere Verbindung zu spüren, während ich immer wieder in sie stoße. »Ich ... Gott, das ist ... das ist alles.« Sie hat recht; es ist alles – sie, ich, wir, unsere Liebe, das Leben, das ich mit ihr aufbauen werde. Einfach alles. »Hör nicht auf. Bitte, hör nicht auf.«

»Niemals.« Ich nehme sie hart. Selbst als sie die Augen öffnet, um mich anzusehen, ihr lautes Stöhnen die Stille erfüllt und ihre Pussy um meinen Schwanz zu pulsieren beginnt, höre ich nicht auf. Ich dringe tief in sie ein, versenke mich in ihr, bis ich nicht mehr von ihr loskomme. Ich spüre, wie sie von der Welle ihrer Lust überrollt wird, während sich auch meine Muskeln anspannen. Ich stoße ein letztes Mal zu und komme tief in ihr, mit meinem Mund an ihrem, ihre Beine und Arme fest um mich geschlungen.

»Jahre«, knurre ich an ihren Lippen. »Verdammte Jahre, um dich zu spüren, alles von dir.«

»Denver.«

»Ich hätte ewig auf dich gewartet, Bre.« Ich hebe den Kopf, um in ihre schönen Augen zu sehen und streiche mit den Fingern über ihre weiche Wange. »Ich würde es nie bereuen, nicht für eine Sekunde. Ich würde ewig auf dich warten, solange ich weiß, dass du eines Tages mir gehörst, mit allem, was du bist.« Tränen schimmern in ihrem Blick, und ich schlucke gegen meine eigenen Emotionen an. Sie zieht mich zu sich runter und vergräbt ihr Gesicht an meinem Hals. Ich halte sie fest, als sich ein Schluchzen ihrer Kehle entringt.

Verdammt ja, ich hätte ein Leben lang gewartet, solange sie am Ende mein ist, und ich ihr gehöre.

10. Kapitel

Aubrey

An Denvers Seite geschmiegt, den Oberschenkel über seinen geschlungen, eine Hand auf seinem Oberkörper, versuche ich einzuschlafen. Es gelingt mir nicht. Was ich auch tue, mein Verstand scheint nicht abschalten zu können. Nicht, dass ich nicht müde wäre, das bin ich. Ich bin erschöpft, jeder Muskel schmerzt auf eine wirklich gute Weise, aber selbst nach zwei Runden Sex und fünf großartigen Orgasmen findet mein dummes Hirn nicht lange genug Ruhe, um mir etwas Erholung zu verschaffen.

Um Denver nicht durch meine Schlaflosigkeit zu wecken, steige ich vorsichtig aus dem Bett und hebe sein langärmeliges Thermohemd vom Boden auf. Ich ziehe es an und es reicht mir fast bis zu den Knien, dann gehe ich die Treppe zum Oberdeck hinauf. Es hat deutlich abgekühlt. Ich schlinge die Arme um mich und laufe zum Bootsrand. Dort schaue ich aufs Meer, über den Horizont hoch zu den Sternen und lasse mich von der Stille der Nacht einhüllen. Ich bin mir nicht sicher, was mich wach hält; vielleicht sind es der unglaubliche Sex und die Orgasmen. Oder es ist das Wissen, dass meine Zeit allein mit Denver und die Blase, in der wir uns hier draußen befunden haben, bald abgelaufen ist. Eventuell ist es auch nur die Erkenntnis, dass ich etwas unglaublich Trauriges erlebe. Ich schließe die Augen, als sich diese Gewissheit in mir ausbreitet. Hätte ich Gabe nicht verloren, wäre ich jetzt nicht an diesem Ort und hätte nicht die Chance, mit dem Mann glücklich zu werden, in den ich seit meiner Jugend verliebt bin. Der Mann, der genauso lange in mich verliebt ist.

»Ich habe dich geliebt«, flüstere ich in die Kälte, ohne nachzudenken. »Ich habe dich geliebt. Bitte denke nicht einen Moment lang, ich hätte es nicht getan. Das ist einfach ...« Ich hole zittrig Luft. »Das ist mehr. Es ist alles.«

Ich zucke zusammen, als sich Arme von hinten um meine Taille schlingen, und atme scharf ein.

»Alles in Ordnung?« Als ich die Besorgnis in Denvers Stimme höre, hebe ich die Lider und sehe die Sterne, die sich unter uns im Wasser spiegeln.

»Ja.«

»Konntest du nicht schlafen?«, fragt er und drückt die Nase in meinen Nacken.

»Nein«, antworte ich und lege die Hände über seine.

»Was hast du auf dem Herzen?«

»Gabe«, antworte ich und spüre, wie sich Denver versteift und sich sein Körper von meinem zu lösen beginnt. Ich gebe ihn nicht frei. Ich halte ihn, so fest ich kann.

»Bre ...«

»Nachdem wir herausgefunden hatten, was mit ihm ich nicht stimmte, verbrachte er die Nächte gern draußen«, beginne ich, und Denvers Arme spannen sich so sehr an, dass mir das Atmen schwerfällt, aber ich kämpfe nicht gegen seine Berührung an. »Er saß in seinem Stuhl auf der Terrasse, den Kopf nach hinten geneigt, und starrte in den Sternenhimmel.« Bei der Erinnerung halte ich kurz inne. »Einmal habe ich ihn gefragt, wonach er Ausschau hielt, und er sagte, er würde auf Sternschnuppen warten.« Tränen trüben meine Sicht. »Wenn er eine sah, hat er sich nie gewünscht, dass es ihm besser geht.« Meine Kehle wird immer enger. »All seine Wünsche galten mir.« Ich schlucke den Kloß in meinem Hals hinunter und atme tief durch. »Er war mein bester Freund und immer gut zu mir. Wir waren glücklich. Ich bereue unser gemeinsames Leben nicht, aber ich ...«

»Nicht«, knurrt Denver und drückt meine Taille. »Sag es nicht. Das würde ich nicht wollen. Er hat dir etwas bedeutet, Baby, und auch wenn es mir manchmal schwerfällt, das zu akzeptieren, hast du recht. Du warst glücklich, und darüber bin ich froh. Das habe ich mir immer für dich gewünscht, damals wie heute.«

»Es ist so seltsam«, flüstere ich, drehe mich in seinen Armen und schaue in seine Augen, die ich schon immer geliebt habe.

»Was ist seltsam?«

»Glücklich zu sein. Es ist seltsam. Ich dachte, ich wäre damals glücklich gewesen.« Ich schüttle den Kopf. »Nein, ich weiß, dass ich es war. Und jetzt bin ich es auch.« Ich schiebe die Hände höher und lege sie um seinen Hals. »Es ist eine andere Art von Glück. Eines, das ich bis in den hintersten Winkel meiner Seele spüre. In den letzten zwei Tagen habe ich gemerkt, dass ich mich mit dir erfüllt fühle. Als wäre ich endlich vollständig. Mir war nicht klar, dass mir etwas gefehlt hat, bis du es mir gegeben hast.«

»Baby ...«

»Wenn ich die Macht hätte«, unterbreche ich ihn, weil ich ihm das sagen muss, auch wenn es wehtut. »Die Macht, die Vergangenheit zu ändern, würde ich es nicht tun.« Ich schaue in die Ferne und hasse mich dafür, dass ich diese Wahrheit laut ausspreche. »Ich würde es nicht ändern, ihn zu verlieren.« Ich lasse die Stirn gegen seinen Oberkörper sinken, als sich ein Schluchzen aus meiner Kehle löst und sich die Tränen Bahn brechen. »Ich würde nichts daran ändern, denn würde ich das tun, könnte ich dich nicht haben. Und ein Leben ohne dich will ich mir nicht mal vorstellen.«

»Bre.« Denver klingt gequält.

»Ich weiß, das macht mich zu einem schrecklichen Menschen.«

»Tut es nicht«, sagt er fest, umfasst zärtlich mein Gesicht und wischt mit den Daumen jede einzelne Träne fort. »Tut es nicht, Baby, und er war nicht der Einzige, der seine Wünsche, den Sternen verraten hat. Ich habe während der letzten Jahre in den Nachthimmel gestarrt, in der Hoffnung, die Sternschnuppe zu sehen, die dich zu mir bringen würde.« Er lehnt seine Stirn an meine. »Es tut mir leid, dass du Gabe verloren hast, aber nicht, dass ich nun die Chance habe, dich für den Rest deines Lebens glücklich zu machen.«

»Denver ...«

»Ich liebe dich, Bre, ich liebe dich, seit ich verstehe, welche Gefühle du schon immer in mir geweckt hast.

Wenn ich dir deinen Schmerz, deine Verletzung, dein Bedauern nehmen könnte, würde ich es tun. Ich würde alles für dich tun, Baby. Wirklich alles.« Er lehnt sich zurück und sieht mir in die Augen. »Das ist unsere Geschichte. Genau so sollte es kommen. Wer kann schon sagen, ob wir uns am Ende als selbstverständlich betrachtet hätten, wenn wir uns so jung gefunden hätten? Oder was zwischen uns passiert wäre, wenn die Dinge nicht so gelaufen wären, wie sie es sind? Alles, was ich weiß, ist, dass ich jede Sekunde schätzen werde, die ich mit dir verbringen darf. So auch alles, was du mir gibst, und dass ich nicht eine Sekunde mit dir als selbstverständlich betrachten werde.«

Seine Worte, die Aufrichtigkeit in seinen Augen und die Zärtlichkeit in seiner Berührung schenken mir die Gewissheit, dass alles in Ordnung sein wird und wir einen Weg finden, alles zu meistern, was das Leben uns abverlangt. Wir werden einander das Glück geben, das wir beide verdienen.

»Ich liebe dich«, flüstere ich, die Stimme belegt von Tränen und Schmerz. »Danke, dass du auf mich gewartet hast, bis ich meine Gedanken geordnet hatte. Vor allem aber danke ich dir dafür, dass du um uns gekämpft hast.«

»Fuck«, knurrt er, umfängt meinen Hinterkopf und drückt mich an sich. »Es ist kalt. Komm, ich bringe dich rein.«

Ich nicke, rühre mich aber nicht von der Stelle, und er auch nicht. Wir stehen einfach da, bis ich zu zittern beginne, dann führt er mich wieder nach unten. Auf dem Weg können wir nicht die Finger voneinander lassen, aber in unseren Berührungen liegt keine Hektik. Als hätten wir alle Zeit der Welt, und die haben wir. Unten angekommen, zieht er mich an sich. Ich schmiege meine Wange an seinen Oberkörper und höre den festen Rhythmus seines Herzens.

»Bring mich ins Bett.« Mein Atem stockt, als er mich hochhebt und sich meine Beine wie von selbst um seine Hüfte schlingen.

»Was willst du, Baby?«

»Dich.«

»Du hast mich, du wirst mich immer haben.« Ich lehne die Stirn an seine.

»Ich habe mir dich gewünscht«, flüstere ich. »Als Kind habe ich mir von einer Sternschnuppe gewünscht, dass du mich bemerkst und eines Tages zu mir gehörst.«

»Bre.« Seine Stimme klingt gequält, während seine Hand meinen Rücken hinauf in mein Haar wandert.

Ich hebe die Lider und betrachte sein gutaussehendes Gesicht, diese schönen Augen. »Es hat eine Weile gedauert, aber ich bin wirklich froh, dass mein Wunsch am Ende in Erfüllung gegangen ist.« Ich berühre seinen Mund mit meinem und lecke über seine Lippen. Er erwidert den Kuss, und ich gebe ihm alles, was ich für ihn empfinde. Denn er soll, nein, er muss wissen, wie viel er mir bedeutet. Einfach alles.

11. Kapitel

Aubrey

Ich stehe in der Küche am Herd und füge ein Glas Tomatensoße zu dem Fleisch hinzu, das ich bereits angebraten habe. Ly stitzt am Tisch und malt eine Seite in ihrem Malbuch aus, während sie mir pausenlos von den aufregenden Tagen bei ihren Großeltern erzählt. Als Denver und ich heute Nachmittag in die Stadt zurückgekommen sind, brachte er mich nach Hause, verabschiedete sich kurz von mir, bevor er Ly in eine lange Umarmung zog. Außerdem gab er ihr das Versprechen, heute Abend mit uns zu essen.

Zwar hatte ich von diesem Plan nichts gewusst, bin aber froh, ihn so bald wiederzusehen. Ich habe unsere Zeit zu zweit genossen. Am liebsten hätte ich für immer in diesem Moment gelebt, um mich weiterhin so glücklich und vollständig zu fühlen und an das anzuknüpfen, was wir uns in diesen zwei Tagen aufgebaut haben. Nur Ly fehlte; sie hätte diesen Augenblick noch perfekter gemacht.

Ich rühre die Soße um, als Ly plötzlich das Thema wechselt, und mein Herz beginnt bei ihren Worten heftig zu klopfen. »Wenn du und Denver heiraten, darf ich ihn dann Daddy nennen?«

»Ich ...« Keine Ahnung, was ich darauf antworten soll. Nicht, dass sie mir Gelegenheit dazu geben würde.

»Ich weiß, dass er nicht mein Dad ist«, fährt sie fort und sieht auf. »Penelope hat gesagt, dass er mein Stiefvater sein wird, also kann ich ihn Dad nennen?« Heiliger Strohsack. Ich dachte, ich wäre bereit dafür, aber ich habe mich total geirrt. Fieberhaft überlege ich, wie ich ihre Frage beantworten soll, als sie ihren Blick wieder auf ihr Malbuch senkt, ehe sie mir einen weiteren Herzinfarkt beschert. »Kann ich euer Blumenmädchen sein?« Eine Vision von mir, wie ich in einem Hochzeitskleid auf Denver zulaufe, während Ly Blumen vor mir ausstreut, schiebt sich vor mein geistiges Auge. Es ist ein wunderschönes Bild, das mir eine Heidenangst einjagt und in mir den Drang weckt, durchs ganze Haus zu tanzen. »Kann ich ein Kleid wie Prinzessin Elsa tragen?«

Wie niedlich wäre das denn? Mist, ich muss das in den Griff bekommen. Ich bin eine erwachsene Frau. Jetzt ist nicht der Zeitpunkt, um nach Kleidern für Blumenmädchen zu suchen. »Spätzchen.« Sie hebt den Blick, um mich anzusehen. »Denver und ich treffen uns, aber wir werden nicht so bald heiraten.«

»Aber Penelope hat gesagt, ihr seid verliebt und dass ihr schon immer ineinander verliebt wart.«

Okay, meine kleine Schwester, die nur ein paar Jahre älter ist als Ly, hat eine große Klappe.

»Sie hat erzählt, dass sie zufällig hören konnte, wie Grandma Shel und Grandma Joe darüber gesprochen haben.«

»Liebes …«

»Seid ihr verliebt?«, fragt sie in einem Tonfall, der nahelegt, dass sie bei falscher Antwort in einen Wutanfall ausbricht.

»Ja«, erwidere ich ehrlich, denn das sind wir, und wenn sich alles so entwickelt, wie wir es uns wünschen, werden wir eines Tages eine Familie sein.

»Dann möchte ich ihn Dad nennen.« Mein Magen verkrampft sich, während ich mein Mädchen anstarre. Sie war für ihr zartes Alter schon immer zu weise. Selbst als ich ihr ein paar Tage nach ihrer Geburt in die Augen sah, hatte ich das Gefühl, dass sie schon alles über das Leben und die Welt wusste. »Sogar Grandpa hat gesagt, dass Denver seit meiner Geburt mein Daddy ist.«

»Das hat Grandpa gesagt?«, flüstere ich, und sie nickt. »Dein Vater war Gabe, Ly«, entgegne ich sanft, und sie sieht weg. Schon vor ihrer Geburt habe ich ihr von Gabe erzählt, und seit ihrem ersten Atemzug spreche ich so oft wie möglich mit ihr über ihn. Er wäre so glücklich gewesen, wenn er erfahren hätte, dass wir schwanger waren. Er wäre ihr ein großartiger Dad gewesen. So sehr ich ihre Liebe zu Denver schätze, möchte ich nicht, dass sie Gabe vergisst.

Ich gehe um den Tresen herum auf sie zu und stelle mich dicht an ihre Seite. »Ich weiß, du hast ihn nie kennengelernt, aber Gabe ist ein Teil von dir, und du bist ein Teil von ihm.«

»Aber«, setzt sie an, und ich beuge mich näher zu ihr und lege die Hand an ihre Wange. Verdammt, ich habe nicht die leiseste Ahnung, wie ich mit ihr darüber reden soll. »Wenn die Zeit kommt und du Denver Dad nennen willst, bin ich dafür, Liebes. Lass uns damit aber noch ein bisschen warten, okay?«

»Zum Beispiel bis nach eurer Hochzeit?«

»Ja, und wenn du früher darüber reden möchtest, werden wir das tun.«

»Okay.« Sie schenkt mir ein Lächeln, dann widmet sie sich wieder ihrem Malbuch, lässt den Stift in ihrer Hand fallen und tauscht ihn gegen einen in einer anderen Farbe.

Diese Unterhaltung war seltsam – nicht auf gute oder schlechte Weise, sondern einfach nur eigenartig und ein wenig unangenehm. Ich muss unbedingt mit meinen Eltern und meiner Schwester darüber reden, was sie in Lys Gegenwart besprechen, denn meine Tochter hört offensichtlich alles, auch wenn man denkt, dass sie abgelenkt ist.

Kopfschüttelnd gehe ich zurück zum Herd und gebe eine Packung Nudeln in das bereits kochende Wasser. Sobald sie bissfest sind, rühre ich sie in die Fleischsoße ein, schütte alles in eine Auflaufform und bedecke die Oberseite mit Mozzarella. Anschließend schiebe ich das Ganze in den Ofen.

Als es um zehn vor sechs an der Tür klingelt, springt Ly von ihrem Stuhl auf. »Ich gehe schon!«, ruft sie, rennt los, und ich folge ihr.

In der Erwartung, Denver auf der anderen Seite der Tür zu sehen, mache ich auf und erstarre. Meine Mutter steht auf unserer Veranda. »Mom?« Ich blicke auf ihre Tasche und beiße mir auf die Lippe.

»Hey.« Sie beugt sich vor und schlingt die Arme um

mich. Als sie mich loslässt, nimmt sie Ly auf den Arm, die von der Großmutter, die sie nicht kennt, völlig verblüfft ist. »Hey, Herzchen.« Sie gibt Ly einen Wangenkuss. »Du siehst genauso aus wie deine Mutter. Gar nicht wie dein Vater. Gott sei Dank.«

»Mom«, flüstere ich warnend, nicht dass sie es bemerkt.

»Ich habe beschlossen, für ein paar Wochen in die Stadt zu kommen, und dachte, wir sollten etwas Zeit miteinander verbringen und uns austauschen.«

Ich blinzle sie an, als sie mir Ly reicht, ihre Tasche aufhebt und sie ins Haus schleppt, ehe sie die Tür schließt.

In der Vergangenheit, als Gabe noch lebte, hat sie das ein- oder zweimal gemacht: Sie tauchte unerwartet bei uns auf und lud sich selbst ein, eine Weile zu bleiben. Was ich damals tolerierte, weil ein Teil von mir hoffte, sie würde ein neues Kapitel aufschlagen und endlich meine Mutter sein. Beim letzten Mal ging sie über Monate bei uns ein und aus, wie es ihr passte. Da wurde mir klar, dass sie keine Zeit mit mir verbringen wollte, sondern nur einen Platz zum Schlafen brauchte.

»Was tust du hier?«, frage ich, als Ly die Arme um meine Schultern schlingt und ihr Gesicht an meinem Hals vergräbt.

»Es riecht gut. Ich bin am Verhungern.« Mom zieht ihre helle Jeansjacke aus, wirft sie in das abgedunkelte Wohnzimmer, und ich höre, wie das Kleidungsstück auf der Couch landet. »Wie ist es dir ergangen?«, erkundigt sie sich und bleibt mir eine Antwort schuldig.

Wut beginnt durch meine Adern zu rauschen. Mir ist jedoch klar, dass ich meinem Ärger keinen freien Lauf lassen kann, solange Ly in der Nähe ist. Ly darf nicht Zeugin davon werden, wie ich meinen verdammten Verstand verliere. »Ich bin gleich wieder da«, sage ich, und ohne meine Mutter eines Blickes zu würdigen, öffne ich die Haustür und trete nach draußen. Mit bloßen Füßen, Ly immer noch auf meinem Arm, laufe ich über den Kies hinüber zum Haus meiner Familie und gehe ohne Klopfen hinein.

»Süße?« Dad runzelt die Stirn, als er mich sieht. Ich sage nichts zu ihm. Ich trage Ly die Treppe hinauf ins Zimmer meiner Schwester und stoße die Tür auf. Wie immer liegt Pen im Bett und liest. Als sie mich entdeckt, breitet sich ein Lächeln auf ihrem Gesicht aus, das ziemlich schnell vergeht, als sie meine Miene zu deuten scheint.

»Hast du etwas Zeit für deine Nichte, Pen?«, frage ich, und sie nickt. »Liebes, bleib bei Pen. Ich komme zurück und hole dich, oder ich schicke Denver her«, erkläre ich Ly. Sie gibt mir ein zaghaftes Nicken. »Ich hab dich lieb.«

»Ich dich auch, Mom«, flüstert sie. Nachdem ich sie auf die Füße gestellt habe, drehe ich mich um und schließe beim Verlassen des Zimmers die Tür hinter mir. Dad und Shel erwarten mich bereits am Fuß der Treppe, die Arme umeinander geschlungen.

»Was ist los?«, will Dad wissen, verengt die Augen und wirft mir einen Blick zu, den ich seit Jahren nicht mehr gesehen habe. Einer, der deutlich macht, dass ich besser mit der Wahrheit rausrücke oder er gibt mir für den Rest meines Lebens Hausarrest.

»Mom ist bei mir aufgetaucht. Sie hat plötzlich mit einem Koffer vor meiner Tür gestanden, kam rein und hat mich wie selbstverständlich begrüßt, als würde sie mich jeden Monat besuchen. Dann hat sie Ly hochgehoben und sie mit ihrer typischen Art völlig verschreckt.«

»Was?«, flüstert Shel. Sie weiß, dass ich meine Mutter seit Gabes Tod nicht mehr gesehen habe.

»Sag mir, dass das ein schlechter Scherz ist«, knurrt Dad, geht zur Tür und zieht sich seine Stiefel an.

»Nicht.« Ich packe ihn am Arm. »Bitte nicht. Ich muss das tun. Ich muss ihr selbst sagen, wie ich mich fühle.«

»Nein, das tust du nicht«, vernehme ich eine dunkle Stimme und drehe mich zur offenen Vordertür. Denver steht davor, sein Gesichtsausdruck macht seine Verärgerung deutlich.

Ich blinzle ihn an.

»Wa...«, beginne ich, aber er fährt dazwischen.

»Ich war vorhin bei euch. Deine Mutter war dort. Als ich fragte, wo du bist, sagte sie, du seist abgehauen. Ich wusste, dass du hier sein würdest. Ich habe gehört, was du gerade gesagt hast, und du wirst dich ihr auf keinen Fall allein stellen, nicht wenn du es nicht musst.«

»Denver ...«

»Nein. Erinnerst du dich daran, dass ich geschworen habe, alles in meiner Macht Stehende zu tun, um mich um dich zu kümmern? Auf diese Weise kümmere ich mich um dich.«

»Ich muss selbst mit ihr reden.«

»Das verstehe ich, und das kannst du auch. Und während du das tust, stehen ich, dein Dad und Shel hinter dir und halten dir den Rücken frei.«

»Okay«, gebe ich nach, trete auf ihn zu und beobachte,

wie die Anspannung von seinen Schultern abfällt. Wenn ich nicht schon wüsste, dass ich ihn liebe, wäre es mir in diesem Moment klargeworden. Seine Sorge darüber, dass ich mit der Frau spreche, die mir die meiste Zeit meines Lebens das Gefühl gegeben hat, ungeliebt und unerwünscht zu sein, berührt mich und beweist mir abermals, wie viel ich ihm bedeute. »Können wir das gleich tun?«, frage ich und fange seinen Blick ein, da er sich nicht bewegt, um mit mir rüberzugehen.

»Ja«, murmelt er, legt seine Hand in meinen Nacken und zieht mich in einen flüchtigen, harten Kuss. Dann lehnt er sich zurück und schaut mir in die Augen. »Du schaffst das, Baby.«

Ich nicke, was er nicht erwidert. Stattdessen legt er den Arm schützend um meine Schultern und führt mich zu meiner Veranda. Ich höre Dad und Shel die Treppe hinter uns hochkommen und öffne die Tür. Als ich Moms Gesichtsausdruck sehe, weiß ich, dass sie die beiden auch entdeckt hat und nicht glücklich darüber ist. Bei meiner Hochzeit mit Gabe hat sie so getan, als wäre alles in Ordnung, doch der Blick, mit dem sie nun zwischen Shel und Dad hin- und herschaut, beweist mir, dass das nur vorgetäuscht war.

»Ernsthaft?«, faucht sie, stemmt die Hände in die Hüften und blickt von mir zu meinem Vater, der sich neben mir postiert hat. »Ich bin nicht für Drama hergekommen.«

»Warum bist du hier?«, frage ich. »Warte. Es ist mir egal. Das ist es wirklich.« Ich sehe, wie sie den Mund öffnet, aber ich rede einfach über sie hinweg. »Du weißt, dass mein Mann vor vier Jahren gestorben ist, oder?«

Ihre Miene wird ein wenig sanfter. »Ja, Herzchen. Ich …«

»Du warst nicht da, als ich dich damals gebraucht habe. Du warst nicht da, als ich erfahren habe, dass ich schwanger bin. Du warst nicht da, als ich Ly bekommen habe. Ich habe dich seit *Jahren* nicht gesehen.«

»Ich weiß, aber …«

»Nein, ich will nichts hören. Es interessiert mich nicht mehr. Du musst nicht mehr so tun, als würdest du dich um mich sorgen oder an mich denken. Oder als hättest du mich gern in deinem Leben, so wie ich dich früher in meinem wollte.«

»Ich bin deine Mutter.«

»Ach, bist du das?« Ich lache, aber selbst ich höre den Schmerz darin. Die gebrochenen Versprechen an ein kleines Mädchen, das immer nur geliebt werden wollte. »Wie lustig, denn soweit ich mich erinnere, war es Shel, die mit mir über meine Periode, über Jungs und über Sex gesprochen hat. Sie war es, die an meiner Seite stand und meine Hand hielt, als Gabes Asche auf den Grund des Ozeans sank. Shel war für mich da, als ich die ganze Nacht weinte. Shel hat dafür gesorgt, dass ich etwas aß, und sich um mich gekümmert. Sie hat meine Hand gehalten, als ich zum ersten Mal Lys Herzschlag hörte. Hat mir beigestanden, als mir morgens so schlecht war, dass ich nicht aus dem Bett kam. Sie hat mir gezeigt, wie man eine Windel wechselt und ein Baby hält. Und nur dank Shel weiß ich, wie man …« Ich beuge mich vor. »… eine *Mutter* ist!«

»Ja, ja, Shel ist *perfekt*«, zischt Mom und richtet ihren

Blick auf Shel. Sofort spüre ich, wie sich mein Vater anspannt. »So perfekt, dass sie ihr erstes Kind aufgegeben hat. Sie hat es nicht mal geschafft, eine Mutter zu sein.«

»Wage es ja nicht«, knurrt Dad.

»Weißt du, was ich dachte, als Dad mir sagte, dass er und Shel ihr Baby aufgegeben haben?«, frage ich leise, und meine Mutter sieht mich an. »Ich dachte, Gott, warum hat meine Mom mich nicht weggegeben? Du wolltest mich doch gar nicht. Wenn du das getan hättest, dann hätte ich wenigstens eine Mutter gehabt, die sich um mich kümmert.«

»Süße.« Dads schmerzerfüllte Stimme durchschneidet mich, und ich sehe zu ihm auf.

»Ich liebe dich, Dad. Du bist der beste Vater, den sich ein Mädchen wünschen kann. Du bedeutest alles für mich. Alles. Ohne dich wäre ich verloren gewesen. Bitte zweifle nicht daran, wie dankbar ich dafür bin, dich als Dad zu haben.« Ich sehe, wie er die Augen schließt, dann spüre ich seine Hand, die sich um meine legt. Schon mein ganzes Leben lang schenkt er mir seine Liebe und Stärke. Ich schaue zu meiner Mutter. »Alles, was ich je wollte, war, dass du mich liebst und ich für dich an erster Stelle stehe. So war es nie. Es ging immer nur um dich, um deine Gefühle und was du willst.«

»Das ist beschissen«, zischt sie.

»Nein, das bist *du*. Bei mir zu Hause aufzutauchen, ist beschissen, vor allem, wenn wir schon ewig nicht mehr miteinander gesprochen haben. Dass du deine Enkelin, die du nicht einmal kennst, völlig überrumpelst und dich so aufführst, ist beschissen. Keine Ahnung, woher du den

Mumm nimmst, Shel – einer Frau, der du danken solltest – verwerfliche Blicke zuzuwerfen. Ich hoffe, du reißt dich zusammen. Ich hoffe wirklich, dass du das tust. Dennoch will ich dich nicht in meinem Leben oder im Leben meiner Tochter haben, und du bist hier in meinem Haus nicht willkommen.«

»Ich kann nicht glauben, dass du so mit mir redest.«

»Du musst gehen«, sagt Denver.

Mom sieht ihn an und verzieht ihr Gesicht zu einer hässlichen Grimasse. »Ich schätze, da du hier stehst, will sie dir endlich eine Chance geben. Ich hoffe, du weißt, dass du ohne den Tod ihres Mannes ...«

»Raus *hier!*«, brüllt Shel, und mein Blick fällt auf sie. Tränen laufen ihr über die Wangen. »Verschwinde sofort aus diesem Haus, bevor ich dich eigenhändig hinausbefördere.«

»Ja, als ob du das könntest.«

»Zwing mich nicht, es dir zu beweisen«, entgegnet Shel ruhig, und ich spanne mich an, als meine Mutter aufgebracht auf sie zugeht. »Bitte. Bitte tu es. Du musst deine Lektion lernen.«

»Genau.« Mom bleibt stehen und stützt die Hände auf die Hüften. »Als könntest du mir irgendetwas beibringen.«

»Ich könnte dir ein oder zwei Dinge über die Liebe zeigen, über die Kraft der Liebe und über die Stärke der Hingabe einer Mutter. Das ist *mein* Mädchen.« Shel zeigt auf mich. »*Mein Mädchen.* Und ich werde alles tun, um sie zu beschützen, jeden Teil von ihr, auch ihr Herz. Während du dich nur um dich selbst kümmerst, liebe ich sie mit allem, was ich habe. Ich bin dankbar für jede Sekunde, die ich mit ihr verbringen darf, und ich hasse es, dass du in ihrem Leben eine Rolle gespielt hast.«

»Sie gehört nicht dir. Sie gehört mir.« Mom kocht vor Wut.

»Du irrst dich. Du hast sie zur Welt gebracht, aber Bre hat recht.« Shel zeigt erneut auf mich. »Ich war immer an ihrer Seite, und dort bleibe ich, bis zu meinem letzten Atemzug. Ehrlich gesagt tust du mir leid, Tina, denn eines Tages – morgen oder in ein paar Jahren, vielleicht erst, wenn du in deinem Sterbebett liegst – wird dir klar werden, was dir entgangen ist. Du wirst erkennen, wessen Schuld es wirklich ist, dass deine Kinder nichts mit dir zu tun haben wollen und du dein Leben allein verbracht hast. Du hast das selbst zu verantworten.«

»So, das war's«, ergreift Denver das Wort, bevor meine Mutter noch mal nachlegen kann. »Du musst jetzt gehen.« Er hebt ihre Tasche auf, öffnet die Tür und wirft sie auf die Veranda, wo sie geräuschvoll die Treppe hinunterrollt.

»Hast du gerade meine Tasche rausgeworfen?«, entfährt es ihr mit verblüffter Stimme.

»Geh jetzt, oder ich lege dir Handschellen an und bringe dich aufs Revier«, warnt Dad, und Mom, die nie wirklich meine Mom war, wirft ihm einen giftigen Blick zu.

»Scheiß drauf«, murmelt sie und funkelt Shel noch einmal an, bevor sie in das immer noch dunkle Wohnzimmer stapft und ihre Jacke holt. Ohne ein weiteres Wort, dafür mit einem letzten wütenden Blick in die Runde, verlässt sie endlich mein Haus.

»Süße«, flüstert Dad und schlingt die Arme um mich, während ich die geschlossene Tür anstarre. »Warum hast du dich mir nicht anvertraut?«

»Dad ...«

»Fuck, warum hast du mir nicht gesagt, dass du dich so fühlst?«

»Weil du da warst und mich ihre Abwesenheit vergessen lassen hast, dann hatte ich Shel, und es war nicht mehr wichtig«, gestehe ich, und er drückt mich fest an sich. »Ich hab dich lieb, Dad. Und den Schmerz von damals habe ich nur für kurze Zeit gespürt.«

»Ich wünschte, du hättest ihn nie gespürt.«

»Ich weiß.« Ich schaue zu ihm auf, dann zu Shel. »Ist es zu spät, um dich Mom zu nennen?« Auf meine Frage hin beginnt ihre Unterlippe zu zittern, und sie schüttelt den Kopf. »Gut. Ich hab dich lieb, Mom.«

»Ich weiß, Schatz.« Sie gesellt sich zu meinem Vater und mir, und wir nehmen einander fest in den Arm. Ich sehe über Shels Schulter zu Denver, und die Intensität in seinem Blick lässt mein Herz schneller schlagen. Er ist stolz auf mich. Und bei Gott, ich liebe ihn.

»Ich muss Ly holen. Sie macht sich bestimmt schon Sorgen.«

»Tu das«, murmelt Dad und küsst mich auf die Stirn, bevor er mich loslässt. Dann zieht er eine schluchzende Shel eng an seine Seite.

Als sich ein Arm um meine Taille legt, sehe ich zu Denver auf und schenke ihm ein halbes Lächeln, das er allerdings nicht erwidert. Stattdessen drückt er seinen Mund auf meinen, dann führt er mich aus dem Haus, wo wir Dad und Shel zurücklassen.

»Ich bin so verdammt stolz auf dich, Baby.« Er hält vor der Haustür meines Vaters an, die Hände in die Hüften gestemmt und das Gesicht nah an meinem. »So verdammt stolz.«

»Danke.«

»Geht es dir besser?«

Ich schließe die Augen. Das tut es. Bis eben war mir nicht klar, dass ich eine solche Aussprache gebraucht habe. Ich habe das Gefühl, dass mir eine Last von den Schultern genommen wurde, und ich weiß, dass ich nur die Kraft dazu hatte, weil Denver und meine Eltern hinter mir standen.

»Baby?«

»Ich bin erleichtert, dass es vorbei ist und ich mir keine Sorgen mehr machen oder an sie denken muss. Ich werde wahrscheinlich ab und zu traurig sein, wenn ich Ly ansehe und daran denke, was sie verpasst, aber Shel hat recht. Das ist etwas, das meine Mutter bedauern muss, nicht ich, und wenn sie damit leben kann, dann ist das so. Ihr Pech.«

»Ich bin da, wenn du darüber reden willst.«

»Ich weiß.« Ich stelle mich auf die Zehenspitzen, und er zieht mich an seinen Körper.

»Los, holen wir unser Mädchen.«

Ich lächle, als er seine Lippen gegen meine drückt, dann gehen wir zu unserem Mädchen, das nicht traumatisiert, sondern einfach nur glücklich darüber ist, Denver und mich zusammen bei sich zu haben.

12. Kapitel

Denver

»Schlafenszeit, Ly«, sagt Bre neben mir, schaltet den Fernseher aus und steht von der Couch auf, wo wir nach dem Abendessen mit Lyra einen ihrer Filme angesehen haben.

Ly, die sich von der anderen Seite an mich schmiegt, hebt den Kopf und sieht ihre Mutter an. »Aber Mom ...?«

»Kein Aber, Liebes. Du kennst deine Schlafenszeit, und du musst morgen früh aufstehen, weil ich dich zu Grandma Joe bringe.«

»Noch fünf Minuten?«, feilscht Ly, und ich unterdrücke ein Lächeln.

»Nein, jetzt komm.« Bre hält ihr die Hand hin. Ly stößt einen unglücklichen Laut aus und umarmt mich, bevor sie von der Couch hüpft und Bres Hand nimmt. »Ich bin gleich wieder da.«

»Klar, Baby.« Ich hebe mein Kinn und sehe zu, wie die beiden verschwinden.

Ich gehe in die Küche und räume das Geschirr weg, packe den Nudelauflauf ein und stelle ihn in den Kühlschrank, bevor ich mir ein Bier hole. Gegen den Tresen gelehnt, trinke ich einen Schluck und lausche lächelnd meinen Mädchen, deren Lachen bis zu mir nach unten dringt. Ich bin seit Lys Geburt öfter in diesem Haus gewesen, als ich zählen kann, habe hier mit Bre und Ly zu Abend gegessen, Bre beim Abwaschen geholfen oder Ly ins Bett gebracht. Allerdings habe ich mich dabei nie gefühlt wie jetzt. Glücklich, vollständig, erfüllt.

»Denver!«, höre ich die zwei rufen, und ich gehe zur Treppe, wo sie oben warten und zu mir herunterschauen.

»Was ist los?«

»Zeit, mich zuzudecken und mir eine Geschichte vorzulesen«, sagt Lyra in einem *Was denn sonst*-Ton, und ich muss lachen.

»Bin gleich da.« Ich lasse mein Bier in der Küche zurück und begebe mich in das Kinderzimmer, wo Lyra im Bett liegt und Bre auf der Bettkante sitzt, ein Buch in ihrer Hand. Ich geselle mich zu ihnen, küsse Lyra auf den Kopf und ziehe die Decke über sie.

»Ich liebe dich. Ich bin froh, dass du zu Hause bist.« Sie umarmt mich, und ich drücke sie fest an mich. *Zu Hause.* Mein Gott, sie und ihre Mutter sind schon immer mein Zuhause gewesen, und endlich darf ich das auch für sie sein.

»Ich liebe dich auch, meine Hübsche. Träum süß.« Ich küsse sie noch einmal auf die Stirn, dann stelle ich mich neben die Tür. Ich lehne mich gegen die Wand, während Bre zu lesen beginnt. Nach der Hälfte des Buches bemerke ich, dass Lyras Augen zugefallen sind und sich ihre Atmung beruhigt hat. »Sie schläft, Baby.«

Bre sieht zu mir, dann zu Ly und legt das Buch beiseite. Sie drückt ihr einen Kuss auf die Wange, dann schaltet sie die Lampe aus, und nimmt meine Hand, um mit mir nach unten zu gehen. Ich weiß, dass ich über Nacht bleiben werde. Ich bin nur nicht sicher, wie Bre darüber denken wird. Vermutlich wird sie sagen, dass wir warten sollten, damit Lyra nicht verwirrt ist, wenn sie aufwacht und mich im Bett ihrer Mutter findet.

»Willst du vor mir ins Bad oder soll ich?«, fragt sie, und mir wird klar, dass wir in ihrem Schlafzimmer stehen und sie in ihrer Kommode nach etwas zum Anziehen sucht.

»Nach dir. Ich willst erst alle Türen abschließen«, sage ich, und mit einem Nicken verschwindet sie im Badezimmer. Ich stelle ihren Entschluss nicht in Frage.

Als ich ins Schlafzimmer zurückkehre, liegt sie in der Mitte ihres Bettes, mit dem Rücken zum Kopfteil und die Decken über ihren Schoß gezogen. Ich schalte das Oberlicht aus, da sie die Nachttischlampen angemacht hat, und gehe ins Bad. Auf dem Waschtisch liegt eine Zahnbürste für mich bereit, die ich benutze, danach ziehe ich mich bis auf meine Boxershorts aus. Als ich die Tür öffne, höre ich Bre mit einem Mann telefonieren und weiß sofort, dass es sich um ihren Zwillingsbruder handelt, der offenbar von den Ereignissen heute Wind bekommen hat. Bres Blick fällt auf mich und bleibt an meinem Oberkörper hängen, während ich mich zu ihr geselle.

»Ich dich auch, und richte Hunter aus, dass ich ihn lieb habe«, sagt sie leise und fährt mit den Fingern über meine Bauchmuskeln und die Spur dunkler Haare dort. »Ja, bis bald, ihr beiden.«

Sie lehnt ihre Stirn gegen meinen Oberkörper, und ich schaue auf sie hinab. Ihr Haar breitet sich wie ein Fächer über meiner Haut aus. »Bist du okay?«

»Steven ist stinksauer. Er hat auch schon ewig nicht mehr mit Mom gesprochen, und er kann nicht glauben, dass sie nach allem, was passiert ist, einfach hier auftaucht, als wäre alles in bester Ordnung.« Sie blickt zu mir auf. »Er und Hunter kommen nächstes Wochenende her. Shel – ich meine, Mom – hat ihnen von dir und mir erzählt. Ich glaube, sie wollen sich vergewissern, dass zwischen uns alles gut ist.«

»Sie lieben dich. Dass sie dich sehen wollen, ist verständlich«, erwidere ich und versuche, ihre Reaktion abzuschätzen.

»Ja, aber ... ähm, wärst du damit einverstanden?«

»Wenn sie nach dir sehen?« Sie nickt. »Ja, Baby, du weißt, dass ich mich mit deinen Brüdern gut verstehe. Das ist keine große Sache«, versichere ich ihr, und sie beißt sich auf die Unterlippe. »Was ist?«

»Es ist einfach so seltsam, wie sich alles zu fügen scheint.«

»Beunruhigt dich das?«

»Ja ... nein ... keine Ahnung. Ich habe etwas Angst, aufzuwachen und herauszufinden, dass alles nur ein Traum war.«

Ich streiche durch ihr weiches Haar und umfasse ihren Nacken. »Das ist kein Traum. Das hier wird nicht enden. Alles ist so, wie es sein soll.«

Ihre Miene wird sanfter, dann senkt sie die Lider. »Ly möchte dich Dad nennen.«

Bei ihren Worten spanne ich mich an. »Wie bitte?«

»Ich ... Pen hat ihr erzählt, dass wir verliebt sind. Und

sie hat meinen Vater sagen hören, dass du immer ein Daddy für sie gewesen bist. Heute Abend, als ich für uns gekocht habe, hat sie gefragt, ob sie dich so nennen darf.«

»Fuck.« Eine ungeahnte Wärme breitet sich in meiner Brust aus, dann in meinem ganzen Körper. Ich dachte, ich hätte alles, was ich wollte, als Bre mir eine Chance gab. Doch zu hören, dass Ly mich Dad nennen will, bedeutet, dass ich nicht nur habe, was ich wollte, sondern wirklich alles. Mehr als ich mir je erhofft hatte.

»Denver.« Aubrey berührt meinen Kiefer, und ich wende den Blick zu ihr. Sie wirkt besorgt.

»Wenn es das ist, was Ly will, bin ich einverstanden.« Ich ziehe sie zu mir hoch, bis wir auf Augenhöhe sind. »Ist das okay für dich?«

»Ist es. Ich habe nur ...«

Ich weiß, was sie denkt, auch wenn sie es nicht ausspricht. Mir ist klar, dass sie Angst hat, Ly könnte Gabe vergessen, wenn sie mich so nennt. »Wir beide werden dafür sorgen, dass Ly ihn nie vergisst, Bre. Ich fühle mich geehrt, dass sie mir diese Rolle in ihrem Leben anvertraut.«

Sie schließt die Augen. »Sie liebt dich.«

»Ich liebe sie auch.«

»Ich weiß«, bestätigt sie, hebt die Lider und begegnet meinem Blick. »Bitte sag mir, dass das alles nicht zu schön ist, um wahr zu sein.«

»Das ist es nicht, Baby. Bleib einfach bei mir und ich verspreche dir, du wirst das selbst erkennen.«

»Ich gehe nirgendwohin«, flüstert sie und streicht zärtlich über meinen Oberkörper.

»Nein, tust du nicht«, stimme ich zu und drehe sie auf den Rücken. »Du gehörst jetzt zu mir, und ich lasse dich nie wieder gehen.«

»Gut.« Sie lehnt sich zu mir herauf und drückt ihren Mund auf meinen.

Ich erwidere ihren Kuss, dann mache ich eine ganze Menge anderer Dinge mit ihr. Erst als wir beide erschöpft sind, ziehe ich sie an mich und schlafe mit ihr in meinen Armen ein, wo sie hingehört. Wo sie immer hingehören wird.

»Verdammt, Mann. Ich kann es nicht fassen. Ich habe es von Lu gehört, die eure Neuigkeiten in der ganzen Stadt verbreitet hat. Ich habe meinen Ohren nicht getraut«, murmelt Lincoln, der seit ich mich erinnern kann, mein bester Freund ist. Mein Blick folgt Bre und Lyra durch das Restaurant, indem wir alle zusammen Mittag essen, dann verschwinden sie auf der Toilette. »Ich freue mich für dich.«

»Und ich mich erst.« Ich nehme mein Bier und trinke einen Schluck. Es ist jetzt eine Woche her, dass Bre und ich in die Stadt zurückgekehrt sind, und seither haben wir jede Nacht miteinander verbracht. Ich wache morgens mit ihr in meinen Armen auf, frühstücke mit ihr und Lyra, wir gehen beide zur Arbeit, und am Ende des Tages komme ich wieder zu den beiden nach Hause. Heute Abend allerdings nicht, da ich zum Fischen mit dem Boot raus muss. Ich wäre lieber bei ihnen, aber ich weiß, dass sie auf mich wartet, während ich weg bin.

»Wann werdet ihr heiraten?« Es ist ein Scherz – an seinem Lächeln erkenne ich, dass er nur Witze reißt –, meine Antwort ist jedoch ernst gemeint.

»Den Ring habe ich schon. Ich warte nur darauf, wieder mit ihr auf meinem Boot zu sein, um sie zu fragen. Dann bitte ich unsere Mütter, alles zu planen, und mache sie zu meiner Frau. Kein Scherz. Ich habe lange genug gewartet.«

»Das geht ja schnell bei euch.«

»Nicht schnell genug«, entgegne ich, und er grinst, dann verändert sich seine Miene.

»Ziehst du bei ihr ein oder sie bei dir?«

»Wir haben heute Morgen darüber gesprochen. Ich ziehe ein, sobald die Saison ausläuft.«

»Er hat dort gewohnt«, merkt Lincoln leise an, und ich weiß, dass er Gabe meint. Meine Eifersucht von früher ist mittlerweile verraucht. Keine Ahnung, woher sie gekommen ist, aber sie ist wieder dorthin verschwunden.

»Ja, und er wird nie zurückkehren können.« Bei meinen Worten verändert sich Lincolns Gesichtsausdruck und wird schuldbewusst. »Sie wohnt gerne neben ihren Eltern, und Lyra fühlt sich dort wohl. Ich werde sie nicht bitten, ihr gewohntes Umfeld zu verlassen.«

»Wie ich schon sagte, ich freue mich für dich, Mann.« Er hebt sein Bier in meine Richtung.

»Und wie ich bereits sagte, nicht so sehr wie ich.« Ich entdecke Lyra und Bre, die wieder zu uns an den Tisch gehen, nur um stehen zu bleiben, als sich ihnen jemand in den Weg stellt. Als ich erkenne, dass es sich dabei um

Gabes Vater handelt, spanne ich mich an. »Scheiße.«

Bre hat mir erzählt, dass sie am Tag nach unserer Rückkehr in die Stadt mit Gabes Mutter telefoniert hat. Sie sagte ihr, dass sie es nicht gut findet, wenn Lyra so lange von ihr getrennt ist und über eine solche Entfernung, vor allem, weil Ly erst vier ist. Patrice war über ihre Entscheidung nicht glücklich und beendete das Telefonat.

Ich stehe auf und gehe durch das fast leere Restaurant.

»Du erlaubst uns nicht, unsere Enkelin zu ihrer Familie zu bringen, aber du hast kein Problem damit, ihr einen Mann aufzudrängen, der nicht ihr Vater ist«, höre ich Jack sagen, als ich in der Nähe bin, und meine Wut entlädt sich.

»Tritt zurück«, sage ich warnend und stelle mich zwischen ihn und Bre.

Jack richtet seinen kalten Blick auf mich. »Du hast hiermit nichts zu tun.«

»Du irrst dich.« Ich schaue zurück zu Bre, dann zu Lyra, die sich hinter Bres Beinen versteckt. »Nimm Lyra und warte im Wagen, Babe.«

»Kommt, ihr zwei«, ergreift Lincoln das Wort, hebt Lyra hoch und nimmt Bres Hand.

»Wage es nicht, mich so stehen zu lassen«, brüllt Jack und packt Bre so fest am Arm, dass sie vor Schmerz zusammenzuckt.

Ich sehe rot. Kaum dass ich sein Handgelenk in meinem Griff habe, drücke ich fest zu, bis er Aubrey freigibt. Dann ziehe ich seine Hand mit einer solchen Wucht weg, es würde mich nicht wundern, wenn ich ihm die Schulter ausgekugelt habe. »Finger weg.« Ich drücke noch fester zu. »Fass sie nicht noch mal an. Nie wieder« Ich schaue zu Lincoln. »Bring sie hier raus.«

Er nickt und führt Bre und Ly nach draußen. Sobald sie weg sind, schaue ich Jack an, sein Handgelenk immer noch fest im Griff.

»Nimm deine Hände weg.« Er reißt sich los, sein Gesicht vor Verärgerung rot angelaufen.

»Halte dich von ihnen fern, Jack. Wenn Bre dich nicht kontaktiert, näherst du dich ihnen nicht, schon gar nicht so, wie du es gerade getan hast.«

»Das sind die Frau meines Sohnes und meine Enkelin.«

»Dein Sohn ist nicht mehr hier. Bre ist *meine* Frau und Ly ist *mein* Mädchen. Du bist kein Teil von Lyras Leben. Sie kennt dich und deine Frau nicht einmal richtig. Wenn du das ändern willst, bin ich sicher, dass sich Bre darüber freuen würde. Lern deine Enkeltochter kennen, wenn du das möchtest, aber wirf Bre keine Dinge an den Kopf, von denen du weiß, dass es Bullshit ist.«

»Bastard«, spuckt er aus und sieht sich kurz im Restaurant um, dann stürmt er raus.

»Alles klar, Den?«

Ich schaue zu Marty, dem Besitzer, und nicke. Dann ziehe ich mein Portemonnaie hervor, lege etwas Geld auf den Tisch und gehe nach draußen, um nach meinen Mädchen zu sehen.

»Alles in Ordnung?«, fragt Lincoln, der mich an meinem Wagen erwartet.

»Ich bin nicht sicher«, antworte ich, schaue durch die Windschutzscheibe und begegne Bres besorgtem Blick. Sie und Ly sitzen zusammen auf dem Rücksitz.

»Läufst du heute Abend noch aus?«

»Ich glaube nicht.« Nach dieser Szene möchte ich meine Mädchen nur ungern allein zu Hause lassen. »Ich werde mit Zach reden, dann sehen wir weiter.«

»Gib mir Bescheid. Und wenn ihr etwas braucht, erreichst du mich über mein Satellitentelefon.«

»Danke.« Wir verabschieden uns, dann setzte ich mich hinter das Lenkrad.

»Denver?«, durchbricht Bre die Stille, als ich den Wagen vom Parkplatz fahre, um uns nach Hause zu bringen.

Ich schaue zu ihr nach hinten. »Wenn wir daheim sind, Baby.«

»Okay«, murmelt sie und legt ihre Hand auf meine Schulter.

Ich nehme ihre Hand in meine, verschränke unsere Finger miteinander und versuche, meine Wut zu zügeln. »Alles in Ordnung, meine Hübsche?«, frage ich Lyra, als ich ihrem Blick im Rückspiegel begegne. Sie nickt zur Antwort, aber ich merke, dass sie von den Geschehnissen im Restaurant verwirrt ist. Vielleicht sogar verängstigt, und das macht mich nicht glücklich.

Nachdem wir Zuhause angekommen sind, trage ich Lyra nach drinnen und Bre setzt sie mit ihrem iPad ins Wohnzimmer, bevor wir in die Küche gehen, um uns ungestört zu unterhalten.

»Du musst deinen Vater anrufen, Baby«, sage ich, und Bre runzelt die Stirn.

»Warum?«

»Er muss wissen, was passiert ist, damit er die Dinge

im Auge behalten kann. Besonders dann, wenn ich auf See bin.«

»Jack würde mir und Lyra nichts antun, Denver.« Sie seufzt, holt sich eine Limonade aus dem Kühlschrank und öffnet sie.

»Ich habe es gesehen.« Ihr Blick trifft meinen. »Ich habe gesehen, wie er dich gepackt hat und du dich vor Schmerzen gekrümmt hast. Und ich werde es nicht überprüfen, weil ich sonst die Beherrschung verliere, aber ich vermute, sein Griff hat blaue Flecken hinterlassen.«

»Denver.«

»Ruf deinen Vater an und bitte ihn, herzukommen.«

Sie mustert mich einen langen Moment, dann nickt sie und wählt die Nummer ihres Dads. »Dad, du musst zu mir nach Hause kommen«, beginnt sie, verstummt und wird blass. »Ja, bis gleich.« Sie legt auf. »Er ist schon auf dem Weg.«

»Gut, und was bedeutet der Ausdruck in deinem Gesicht?«

»Dad wollte sowieso vorbeischauen, um etwas mit mir zu besprechen.«

»Und weiter? Rede mit mir«, verlange ich, als sie den Blick abwendet.

»Dad hat einen Anruf von Maxine bekommen, die am Flughafen arbeitet. Sie hat ihm gesagt, wenn Lyra morgen noch mit Jack und Patrice abfliegt, brauchen sie ein notarielles Schreiben von mir zusammen mit ihrer Geburtsurkunde.«

»Wie bitte?«

»Sie meinte auch, es sei vermutlich kein Problem, mit

Lyra die Stadt zu verlassen, aber bei ihrer Rückkehr wollen die Fluggesellschaften das Schreiben sehen, bevor sie an Board gelassen wird.

Ich starre Aubrey an und versuche zu begreifen, was all das bedeutet. »Soll das heißen, die beiden wollten sie einfach mitnehmen, nachdem du ihnen gesagt hast, dass du dich nicht wohl dabei fühlst?«

Angst füllt ihre Augen, und ich balle die Hände zu Fäusten. »Sie wollten mir mein Mädchen wegnehmen.« Sie bedeckt ihren Mund.

Scheiße.

Ich ziehe sie in meine Arme und drücke sie fest an mich. Ich war noch nie so wütend wie in diesem Moment. »Du musst atmen, Baby.«

»Ich kann nicht. Sie wollten mir mein Mädchen wegnehmen, sie einfach mitnehmen, ohne meine Erlaubnis.«

»Ich weiß, aber du musst dich beruhigen. Wir werden jetzt nach Lyra sehen und sicherstellen, dass es ihr gut geht. Dann musst du dich auf das Gespräch mit deinem Vater vorbereiten. Du solltest Anzeige erstatten oder eine einstweilige Verfügung gegen die beiden erwirken.«

»Was zum Teufel stimmt nicht mit ihnen?«, flüstert sie und sieht mich durch ihre Tränen hindurch an.

»Ich weiß es nicht.« Ich lasse meine Stirn gegen ihre sinken. »Ich weiß nur, dass die beiden sie zum Glück nicht mitnehmen konnten.«

»Denver ...«

»Setz dich zu Ly und warte auf deinen Dad, Baby. Ich gebe meinen Eltern Bescheid. Außerdem muss ich Lincoln anrufen, um ihm zu sagen, dass ich diese Saison auslasse.«

»Aber du musst ...«

»Ich muss hier sein.« Ich küsse sie auf die Lippen. »Ich werde nicht gehen.«

Sie vergräbt das Gesicht an meinem Oberkörper. »Okay.«

»Okay.« Ich berühre ihr Kinn, damit sie zu mir hochsieht, dann gebe ich ihr einen weiteren Kuss, bevor ich sie loslasse. Als sie den Raum verlassen hat, ziehe ich mein Handy aus der Gesäßtasche und rufe meine Eltern an, um ihnen die Vorfälle zu schildern. Anschließend melde ich mich bei Lincoln und lasse ihn wissen, dass ich heute nicht auslaufen werde. Dann gehe ich ins Wohnzimmer, um bei meinen beiden Mädchen zu sein.

13. Kapitel

Aubrey

Ich sitze auf der Couch, an Denvers Seite gekuschelt, während seine Finger beruhigend unter den Rand meines T-Shirts wandern. Mein Blick liegt auf Ly, die den Fernseher anstarrt, ihr Kopf ruht an Denvers Schulter. Ich schließe die Augen und schicke ein Dankgebet gen Himmel. Wenn wir nicht in einer so kleinen Stadt leben würden und Maxine meinen Vater nicht angerufen hätte, um ihn freundlich vorzuwarnen, hätte ich vielleicht erst zu spät erfahren, was Gabes Eltern im Schilde führten.

Ich will mir nicht ausmalen, was ich getan hätte, wenn sie mit Ly in ein Flugzeug gestiegen wären. Ich wäre durchgedreht, da bin ich sicher, und ich wäre vor nichts zurückgeschreckt, um meine Mädchen nach Hause zu bringen. Als mein Vater mit zwei anderen Beamten zu Paulines und Jacks Grundstück fuhr, leugnete keiner von beiden, dass sie Ly nach Nevada entführen wollten. Nicht, dass sie es wirklich als Kidnapping betrachtet haben. Sie sagten meinem Vater, dass sie Lys Großeltern seien und es ihr gutes Recht wäre, sie mitzunehmen. Außerdem sind sie es leid, dass ich sie von ihrem Enkelkind fernhalte.

Als mein Vater mich über all das ins Bild setzte, war ich wütend – oder noch wütender als ohnehin schon. Ich habe die beiden nie aus Lys Leben ausgeschlossen. Selbst nach all dem Mist, den sie verzapft oder sich in der Vergangenheit geleistet hatten, habe ich nie versucht, sie von meiner Tochter fernzuhalten. Sie waren stets in unserem Zuhause willkommen und wurden zu jedem Familienfest eingeladen. Es tut weh, dass ich eine einstweilige Verfügung gegen sie erwirken musste, und ich bete zu Gott, dass wir einen Weg finden, die Dinge in Zukunft zu regeln. Für Ly.

Ich verstehe Gabes Eltern vielleicht nicht, aber sie sind ein Teil von ihm, und ich möchte, dass Lyra jeden Teil von ihrem Vater kennt. Irgendwann hat sie vielleicht Fragen, die nur Pauline und Jack ihr beantworten können, und ich möchte, dass sie ihnen diese stellen kann. Damit sie weiß, wie ihr Vater aufgewachsen ist, und versteht, wie viel sie ihm bedeutet hätte. Im Moment ist es jedoch das Wichtigste, sie vor jedem zu schützen, der ihr Schaden zufügen würde, egal ob körperlich oder seelisch. Was Gabes Eltern tun wollten, hätte Ly genauso viel Schmerz bereitet wie mir.

»Baby.« Denvers Stimme holt mich aus meinen Gedanken, und ich neige den Kopf zurück und konzentriere mich auf sein attraktives Gesicht. »Lyra ist eingeschlafen. Willst du sie wecken oder nur hochbringen und ins Bett legen?«

Mein Blick fällt auf Ly, die selig vor sich hindöst, die Wange gegen ihre Hand gedrückt, die auf Denvers Oberkörper ruht.

»Ins Bett«, murmle ich, und er küsst mich auf den Mund, bevor er mit Ly auf dem Arm aufsteht. Ich folge ihm die Treppe hinauf, ziehe Ly vorsichtig um und decke sie zu. Mein Mädchen hatte schon immer einen tiefen Schlaf, und auch jetzt rührt sie sich nicht. Ich küsse sie auf die Stirn und beobachte, wie Denver die Decke fester um sie wickelt, ihr das Haar aus dem Gesicht streicht und sie einen Moment lang betrachtet. Wir schalten alle Lampen, bis auf ihr Nachtlicht aus, dann verlasse wir den Raum.

In meinem Schlafzimmer ziehe ich mich sofort aus und lege mich ins Bett. Dann starre ich an die Decke und spüre, wie sich Denver zu mir gesellt. Als er mich an seinen harten Körper zieht, seufze ich auf.

»Bist du okay?«

»Ich weiß, mir sollte noch immer ziemlich mulmig zumute sein, aber überraschenderweise geht es mir gut«, antworte ich und schaue zu ihm hoch, während er sich gegen das Kopfteil lehnt.

»Sie ist in Sicherheit.«

»Ja«, flüstere ich. »Sie ist in Sicherheit.«

»Und so bleibt es auch, Bre. Das verspreche ich dir.«

»Ich weiß.« Ich will das Gesicht an seinem Oberkörper vergraben, aber er lässt mich nicht.

Er schiebt eine Hand in mein Haar und hält meinen Blick gefangen. »Ich würde nie zulassen, dass einem von euch etwas zustößt.«

Ich schmiege mich an ihn. Gott, ich liebe ihn, und zweifle nicht daran, dass er alles für Ly und mich tun würde. Er würde uns vor allem und jedem beschützen.

»Bre?«

»Gib mir eine Minute«, flüstere ich, denn ich möchte diesen Moment und dieses Gefühl einprägen.

Er gibt mir nicht mal eine Sekunde. Er bedeckt meinen Mund mit seinem, dreht mich auf den Rücken und küsst mich, bis mir schwindelig ist.

»Ich liebe dich«, sagt er leise und fährt mit den Fingern über meine Stirn.

»Ich weiß«, antworte ich genauso sanft.

»Du hast keine Ahnung, wie sehr ich dich liebe, wie viel du mir bedeutest.«

Doch das tue ich; ich spüre, wie sehr er mich liebt, weil mich dieses Gefühl mit Leben füllt und mir alles gibt, was ich je gebraucht habe. Bevor ich diesen Gedanken aussprechen kann, liegt sein Mund erneut auf meinem und mein Atem stockt, als ich ihn zwischen meinen Beinen spüre. Er schiebt mein Höschen zur Seite, dann dringt er in mich ein.

»Ich liebe dich«, hauche ich an seinen Lippen, als wir auf jede erdenkliche Weise miteinander verbunden sind, und hoffe, er weiß, dass ich ihn genauso sehr liebe wie er mich.

Mein Herz hat immer ihm gehört. Unsere Liebe ist die Art von Liebe, über die sich Legenden ranken, nach der zu allen Zeiten gesucht wurde. Eine Liebe, so stark, so besonders, dass sie in die Sterne geschrieben wurde.

Epilog

Aubrey

Sechs Monate später ...

»Bist du bereit dafür?«

Ich schaue meinen Vater an und lächle. »Ja.«

»Dann lass uns gehen, Süße.« Er legt meine Hand in seine Armbeuge, und ich atme tief ein.

Die Doppeltüren vor mir öffnen sich, ich begegne Lys Grinsen. Sie sieht bezaubernd aus in ihrem babyblauen Prinzessinnenkleid, mit einem Blumenkranz auf dem Kopf und Bändern in den Haaren.

»Ist es Zeit, Mom?«

»Ja«, flüstere ich.

»Endlich.« Sie kichert, geht los und wirft dabei Blumenblätter in die Luft.

Ich löse den Blick von meiner Tochter und schaue zu Denver am Ende des Ganges. Er sieht gut aus in seinem Anzug, die Hände lässig an den Seiten, ein sanfter Ausdruck in seinen Augen, während er unser Mädchen beobachtet. Als Lyra ihn erreicht und Daddy nennt, kämpfe ich gegen aufsteigende Tränen, während er sie hochhebt und ihr einen Kuss gibt.

»Dad, kann man sich zu sehr freuen?«, frage ich, und mein Vater bleibt stehen. Er dreht mich so, dass wir uns gegenüberstehen.

»Du hast das hier verdient.« Er legt seine Hand an meine Wange, und ich höre, wie die Leute in der Menge zu tuscheln beginnen. »Du verdienst alles Glück der Welt.«

»Danke, Dad.«

»Du wirst für den Rest deines Lebens glücklich sein. Ich weiß, dass Denver dafür sorgen wird, das sagt mir mein Gefühl. Er wird sein Bestes tun, um meinem Mädchen alles zu geben, was es verdient, und du wirst dasselbe für ihn tun. Nur zehnmal mehr, weil das du bist.«

»Du bringst mich noch zum Weinen.« Ich spüre, wie meine Unterlippe zu zittern beginnt, dann schnappe ich überrascht nach Luft. Plötzlich schweben meine Füße über den Boden, dann erkenne ich, dass mich Denver hochgehoben hat und mich den Gang hinunter zum Altar trägt. »Was machst du da?«, hauche ich und ernte ein paar schockierte Blicke von den Leuten, die in den Kirchenbänken sitzen.

»Wir werden heiraten«, sagt er und stellt mich vor sich auf die Füße.

Ich blinzle ihn an. »Ich hatte einen Moment mit meinem Vater«, sage ich unnötigerweise, weil er das bestimmt mitbekommen hatte. Denver nimmt mein Gesicht zwischen die Hände und beugt sich vor, bis ich nur noch ihn sehen kann. »Du kannst deinen Moment mit ihm haben, nachdem ich ein *Ich will* von dir gehört habe.«

Seine Erklärung überrascht mich genauso wenig wie sein höhlenmenschartiges Verhalten. Er hat auf diese Hochzeit hingearbeitet, seit der Nacht, in der ich ihm erzählt habe, dass Ly ihn Dad nennen möchte. Ab diesem Zeitpunkt hat sich unsere Beziehung in Lichtgeschwindigkeit weiterentwickelt. Zuerst zog er bei mir ein, dann steckte er mir einen Ring an den Finger. Was unsere Hochzeitsplanung betrifft, hatte er die Zügel in der Hand. Er plante fasst alles allein mit unseren Müttern, die über unsere Verlobung erschreckend glücklich waren.

»Ich liebe dich«, murmle ich und sehe die Entschlossenheit in seinem Blick. »Das habe ich immer getan und werde ich für immer ...« Plötzlich liegt sein Mund auf meinem. Er küsst mich auf eine Weise, dass ich alles um mich herum vergesse: wo wir sind und was wir eigentlich tun sollten.

»Ähm.« Jemand räuspert sich. »Ihr zwei solltet vielleicht warten, bis der Pastor sagt *Du darfst die Braut jetzt küssen*«, durchbricht Lincolns Stimme den Augenblick, und ich lächle gegen Denvers Lippen. Als er knurrt und mich enger an seinen großen, starken Körper drückt, kann ich nicht anders, als zu kichern.

»Bereit?«, fragt er, ohne den Blick von mir zu nehmen, und ich schlinge die Arme um seine Schultern.

»Das bin ich schon lange«, antworte ich, wohl wissend, dass mein Vater recht hat. Denver wird für den Rest seines Lebens dafür sorgen, dass ich glücklich bin, was ich in seiner Nähe ohnehin bin. Und ich werde im Gegenzug alles tun, damit er genauso glücklich ist.

Zwei Jahre danach …

»Du verwöhnst ihn«, sage ich, als ich das Kinderzimmer betrete und Denver dabei erwische, wie er unseren schlafenden, zwei Monate alten Sohn Leo in die Arme nimmt. Diesen Namen hat Denver ausgesucht, nicht ich. Er sagte, er wolle, dass unsere Kinder und wir durch die Sterne verbunden sind. Das gefiel mir, und deshalb habe ich mich nicht dagegen gewehrt.

»Zu spät.« Er drückt Leo an seine Brust und küsst ihn auf den dunklen Kopf.

Da hat er nicht unrecht. Seine große Schwester, sein Vater, meine Eltern, seine Tanten und Onkel – nicht zu vergessen ich selbst – haben den Jungen noch nie länger als ein paar Minuten in seinem Bett schlafen lassen.

»Bist du glücklich?«, frage ich, schlinge die Arme um Denver und bringe mein Gesicht nahe an Leos, um ihn zu betrachten, wie ich es schon eine Million Mal getan habe. Er sieht aus wie sein Vater, bis hin zu seinen schönen Augen.

»Baby, du weißt, dass ich glücklich bin.« Er küsst mich auf die Stirn, dann legt er seinen anderen Arm um mich, während unser Sohn langsam aufwacht. Er führt uns in die Küche, wo er mich loslässt, damit er Ly mit einem Kuss auf die Stirn begrüßen kann.

Ich nehme mir einen Moment Zeit, um meine Familie zu betrachten, dann kämpfe ich gegen meine Emotionen an, um nicht zu weinen. Ich habe alles. Ich habe alles, was ich mir jemals wünschen könnte. Ich lebe einen Traum, und ich bin dankbar für jeden Augenblick.

Zwölf Jahre später …

»Mom, Dad, Scott ist da. Wir machen uns auf den Weg!«, ruft Ly durch das Haus, und Denvers dunkler Blick trifft meinen. Er ist sauer. Nein, stinkwütend. Seit sich Ly für Jungs interessiert, gehört das zur Tagesordnung.

»Schatz, komm und verabschiede dich ordentlich!«, rufe ich zurück, und Denvers Kiefer mahlt, während er die Finger in meine Hüfte drückt.

»Tut mir leid.« Ly läuft ins Wohnzimmer, wo Denver und ich auf der Couch liegen, ich mehr auf ihm als auf unserem Sofa, und zusammen einen Film schauen. »Wir müssen los. Das Abendessen fängt bald an, wir dürfen nicht zu spät kommen.« Eilig gibt sie erst Denver einen Kuss auf die Wange, dann mir. Abendessen mit Gabes Eltern, die eine Weile gebraucht hatten, aber schließlich einsahen, dass sie das Leben ihrer Enkelin nicht verpassen wollen. Im Gegensatz zu meiner Mutter, mit der ich nicht mehr gesprochen habe, seit ich sie gebeten hatte, mein Haus zu verlassen. Etwa seit Lys sechstem Geburtstag sind Pauline und Jack ein fester Bestandteil in ihrem Leben. Ich bin froh, dass sie die beiden hat, und glücklich, dass Ly mit so viel Liebe aufgewachsen ist. Das Beste ist, dass Ly die Gelegenheit hatte, jene Menschen kennenzulernen, die ihren Vater großgezogen haben, und durch sie alles über ihn erfahren konnte.

»Will Scott nicht reinkommen und Hallo sagen?«, fragt Denver, was mich aus meinen Gedanken holt, und ich sehe Ly an, die ihre Augen in meine Richtung verdreht.

»Dad, du weißt selbst, warum er das nicht tun wird. Bei

eurem letzten Aufeinandertreffen hast du ihm gesagt, dass er sich nie mehr in deinem Haus blicken lassen soll.«

»Ich habe euch beide beim Knutschen erwischt.«

»Er hat mir einen Gutenachtkuss gegeben, und es ist nicht so, dass wir halbnackt auf der Couch lagen. Wir waren nicht einmal im Haus! Wir standen auf der Veranda.«

»Er hat dich angefasst«, fährt Denver fort, und ich unterdrücke ein Lächeln.

»Hat er nicht!«, entgegnet Ly und ihre Wangen werden feuerrot.

Er hat sie angefasst, um genau zu sein, ihren Po. Ich habe es selbst gesehen. Dass sie auch geknutscht haben, kann ich allerdings nicht bezeugen. Es würde mich jedoch nicht überraschen, wenn es so war. Scott und Ly sind seit vier Jahren ein Paar, seit ihrem ersten Highschooljahr. Das Lustige ist, dass mich Scott sehr an meinen Mann erinnert. Keiner von beiden hat Angst, das zu tun, was er will, und beide sind fleißig und behalten in den wichtigen Momenten einen klaren Kopf. Ich denke, diese Ähnlichkeit ist der Grund, warum Denver den Jungen nicht besonders mag.

»Schatz, viel Spaß und klopf auf jeden Fall an unsere Tür, wenn du nach Hause kommst«, sage ich und entlasse sie aus diesem Gespräch, bevor es zu spät ist.

»Das werde ich. Hab dich lieb, Mom. Und Dad, auch wenn du verrückt bist, liebe ich dich trotzdem.« Sie schenkt uns ein Lächeln, bevor sie verschwindet und sich die Haustür hinter ihr und Scott schließt.

»Ich hasse diesen Burschen«, murmelt Denver, und ich

lache und vergrabe das Gesicht an seinem Oberteil. »Das ist nicht lustig.«

»Du hasst ihn, weil er wie du ist«, sage ich, und er knurrt, dreht mich herum, bis ich unter ihm liege und mich sein schweres Gewicht in die Couch drückt.

»Halt die Klappe.« befiehlt er, bevor er seinen Mund auf meinen drückt und mich hart küsst.

»Gott, ekelhaft. Könnt ihr euch nicht wie normale Eltern verhalten und euch hassen, oder so?«, fragt Leo, der ins Wohnzimmer kommt. Ich schaue über Denvers Schulter zu unserem Sohn – unserem sehr gutaussehenden Sohn –, der mit seinen zwölf Jahren bereits ein Herzensbrecher ist.

»Wenn es dir nicht gefällt, hast du ein Zimmer, in dem du abhängen kannst«, erwidert Denver wie sonst auch, und als ich das sexy Lächeln sehe, das an den Mundwinkeln meines Mannes zupft, fange ich wieder an zu lachen. Gott, er ist heiß, selbst nach all den Jahren. Er ist immer noch der schärfste Kerl, dem ich je begegnet bin, und er gehört mir. Nur mir.

»Was auch immer«, murmelt Leo, bevor er verschwindet, und ich vergrabe das Gesicht erneut in Denvers Shirt, während er in mein Lachen einstimmt. Als wir uns wieder beruhigt haben und sein Blick den meinen trifft, erkenne ich, wie recht er damals hatte. Wer weiß, ob wir uns am Ende als selbstverständlich betrachtet hätten, wenn er mich wie geplant auf dieser Party um ein Date gebeten hätte? Wer weiß, was zwischen uns passiert wäre, wenn die Dinge anders gelaufen wären? Ich schätze ihn und jede Sekunde, die wir in den letzten Jahren miteinander verbracht haben, und keinen Moment sehe ich uns als selbstverständlich an. Die Dinge haben sich genauso entwickelt, wie sie sollten, und dafür bin ich für immer dankbar.

Denver

Viele Jahre später …

Ich stehe auf der Terrasse, ein Bier in der Hand, den Blick zum Nachthimmel gerichtet, und höre, wie die Tür hinter mir aufgeschoben wird. Ich schaue zurück und begegne dem Blick meiner Frau. Sie ist immer noch wunderschön, selbst nach all der Zeit. Ich habe noch keine schönere Frau gesehen.

»Schatz, kommst du mit rein? Die Kinder werden bald abreisen.«

»In einer Minute.«

Sie neigt den Kopf zur Seite. »Geht es dir gut?«

Ich mustere sie. Mir geht es nicht gut. Schon lange nicht mehr, denn seit sie mir gehört, lebe ich meinen Traum. »Alles perfekt, Baby. Ich brauche nur eine Minute«, sage ich, als sie zu mir kommt, ihre Hände auf meinen Oberkörper legt und mich eingehend betrachtet.

»Bist du sicher, dass du okay bist?«

»Ich bin sicher.« Ich lege eine Hand an ihre Hüfte und bringe mein Gesicht näher zu ihrem, um sie zu küssen. Sie kommt mir entgegen, stellt sich auf die Zehenspitzen und drückt ihren Mund gegen meinen.

»Okay, komm bald rein«, verlangt sie, bevor sie mich loslässt und zurück nach drinnen verschwindet.

Ich sehe ihr nach, bis sie die Tür hinter sich schließt. Sobald ich allein bin, schaue ich wieder hinauf in den wolkenlosen Nachthimmel und warte. Als eine Sternschnuppe durch die Dunkelheit zieht, schließe ich wie jedes Jahr an diesem Tag die Augen, doch ich wünsche mir nichts von ihr. Stattdessen bedanke ich mich im Stillen, da all meine Wünsche bereits in Erfüllung gegangen sind.

Ende

Auf Wiedersehen, Cordova. Ich werde dich vermissen, aber wer weiß? Vielleicht komme ich eines Tages wieder zurück.

Weitere Titel der Autorin:

Until Love Reihe:
Until Love: Asher
Until Love: Trevor
Until Love: Cash
Until Love: Nico

Underground Kings Reihe:
Underground Kings: Kenton
Underground Kings: Kai
Underground Kings: Sven

Until You Reihe:
Until You: July
Until You: Jax
Until You: June
Until You: Ashlyn
Until You: Sage
Until You: Harmony
Until You: Cobi
Until You: December
Until You: Talon
Until You: April (erscheint im März 2022)

Falling for Reihe:
Falling for Colton
Falling for Tide

Einzeltitel:
The Wrong/Right Man

Fluke My Life Reihe:
Running Into Love
Stumbling Into Love
Tossed Into Love
Drawn Into Love

How To Catch An Alpha Reihe:
Catching Him
Baiting Him
Hooking Him

Alaska Reihe:
Fighting to breathe
Moments of change
Memories to make

Spin Off Until Serie
Until Us: Kayan von K.D. Robichaux
Until Us: Judge von Layla Frost
Until Us: Cece von K.D. Robichaux
Until Us: Nox (erscheint im April 2022)
Until Us: Blaze (erscheint im Mai 2022)
Until Us: Autumn (erscheint im Mai 2022)

KISS MY GIRL
von Nadine Wilmschen

ISBN-Taschenbuch: 978-3-903278-84-4
ISBN-EPUB: 978-3-903278-85-1

Das Single-Leben in vollen Zügen genießen und Spaß haben. So lautete Hannahs Plan für ihr letztes Jahr an der Ohio State. Als ihr Vater jedoch den Geldhahn zudreht, scheint ihr Vorhaben grandios zu scheitern.

Um dem finanziellen Super-GAU zu entrinnen, muss ein Mitbewohner her. Ihre Wahl fällt wenig freiwillig auf Ben Preston – ebenfalls Medizinstudent und ihr One-Night-Stand, den sie nicht mehr aus dem Kopf bekommt. Eigentlich wollte sie Ben für den Rest ihres Collegelebens aus dem Weg gehen, jetzt sitzt sie ihm jeden Morgen am Frühstückstisch gegenüber. Was als platonisches Zusammenleben gedacht war, entwickelt sich bald zu mehr, denn Ben ist kein Mann für eine Nacht, was er ihr unbedingt beweisen will ...

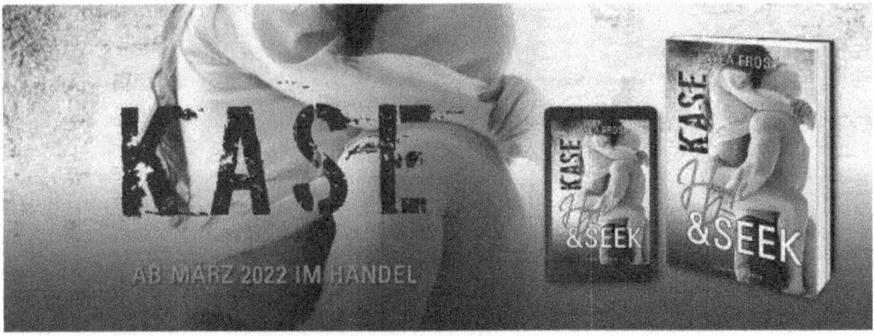

HYDE & SEEK: KASE
von Layla Frost

ISBN-Taschenbuch: 978-3-903413-04-7
ISBN-EPUB: 978-3-903413-05-4

Auch wenn Harlow Cooper auf den ersten Blick wie die süße Rothaarige von nebenan wirkt, hat sie mehr Geheimnisse, als jedes Tagebuch einer ausgeflippten Teenagerin hergeben würde. Neben ihrem Studium, der Stelle als Praktikantin, den Bemühungen, eine gute Freundin und eine noch bessere Tochter zu sein, verdient sie ihre Brötchen längst nicht mehr als Kellnerin, sondern ... sagen wir mal, ihr Arbeitsoutfit besteht aus Mini-Aufklebern für ihre Nippel und jeder Menge Glitzer. Wenn sie bei all der Aufregung für etwas keine Zeit hat, ist es ein gutaussehender Kerl mit übergroßem Ego, der stets einen lockeren Spruch auf den Lippen hat. Dumm nur, dass sich dieser nicht mehr abschütteln lässt ...

In Kase Teo steckt mehr, als man auf den ersten Blick erahnt. Unter seinen Tattoos, den Dreads und hinter den kristallblauen Augen verbirgt sich ein intelligenter Mann, der früh gelernt hat, dass man das Leben nicht für selbstverständlich nehmen darf – und man festhalten muss, was für einen bestimmt ist. In seinem Fall ist das die hübsche Rothaarige, die schon länger all seine Gedanken und Fantasien beherrscht. Nun muss er auch sie davon überzeugen, dass sie zu ihm gehört. Komme, was wolle.

WHY LOVE HURTS
von Tina Köpke

ISBN-Taschenbuch: 978-3-903278-82-0
ISBN-EPUB: 978-3-903278-83-7

Wenn du nicht an die Liebe glaubst und ihr dennoch begegnest ...

Jaina ist fest davon überzeugt, dass ihr Leben im Moment nicht besser laufen könnte. Sie liebt ihren Job als erfolgreiche Bloggerin, verbringt viel Zeit mit ihren besten Freundinnen und lebt in der aufregendsten Stadt für entschlossene Singles.

Als ihr Bruder plötzlich seine Verlobung bekanntmacht, stürzt er Jainas Welt ins Chaos. Die Rolle der Trauzeugin fällt ausgerechnet ihr zu – samt Pflichten und dem obligatorischen One-Night-Stand mit dem heißen Bruder der Braut. Damit hätte sie bis nach dem Jawort warten sollen, denn dank der bevorstehenden Hochzeit ist Carter überall und stellt ihre Ansicht über traute Zweisamkeit auf eine harte Probe ...